थाने के नगाड़े

(कहानी संग्रह)

थाने के नगाड़े

रमाकान्त श्रीवास्तव

वाणी प्रकाशन ग्रुप
भारतीय ज्ञानपीठ
वाणी प्रकाशन : भारतीय ज्ञानपीठ की पुस्तकों के एकमात्र प्रकाशक एवं वितरक

लोकोदय ग्रन्थमाला : ग्रन्थांक 1310

सजिल्द पहला संस्करण : 2017
सजिल्द दूसरा संस्करण : 2026

वाणी प्रकाशन ग्रुप | भारतीय ज्ञानपीठ

वाणी प्रकाशन : भारतीय ज्ञानपीठ की पुस्तकों के एकमात्र प्रकाशक एवं वितरक

वाणी प्रकाशन

4695, 21-ए, दरियागंज, नयी दिल्ली-110 002
दूरभाष : 011-23273167, 23275710
ईमेल : sales@vaniprakashan.in
www.vaniprakashan.com

ISBN : 978-93-7348-809-7

मूल्य : ₹ 295

थाने के नगाड़े
(कहानी-संग्रह)
रमाकान्त श्रीवास्तव

Thane Ke Nagade
(Collection of Stories)
by Ramakant Shrivastava

आवरण-चित्र : लीलाधर मंडलोई
मुद्रक : आर. टेक ऑफ़सेट प्रिंटर्स, दिल्ली-110 032

बड़े भैया की स्मृति को

अनुक्रम

उनकी दहशत और हॉट-हॉट डांस

वह भयानक दृश्य था!

धरती नष्ट होने के कगार पर थी। लग रहा था कि पृथ्वी टूटकर दो टुकड़ों में बिखर जाएगी। एक बड़ी चौड़ी दरार ज़मीन को तोड़ते हुए तीव्र गति से आगे बढ़ रही थी। एशिया माइनर से दक्षिण-पश्चिम का रुख करते हुए वह भीषण दरार गर्जना करते हुए बढ़ी और उसने रूस की बैकाल झील को निगल लिया। मंगोलिया की ओर मुड़कर वह चीन में घुसी। पल-भर में चीन की महान दीवार उस दरार में गुम हो गयी! दरार फैलती गयी और नेपाल का काठमांडू उसमें समा गया। हिमालय मिट्टी की दीवार की तरह दो फाँक हो गया। विराट अजगर की तरह वह बढ़ी। नालन्दा और बोध गया को लीलते हुए कई किलोमीटर चौड़ाई में सब कुछ जैसे पाताल में समा गया। डाल्टनगंज ग़ायब हो गया। छत्तीसगढ़ के जंगल-पहाड़, शहर अम्बिकापुर, जशपुर नगर को निगलते हुए उसने रायगढ़ को अपनी चपेट में लिया और दक्षिण-पश्चिम की ओर बढ़ते हुए महासमुन्द्र, आरंग को नष्ट करते हुए रायपुर की नयी राजधानी को भी निगल लिया। खेत-खलिहान, जंगल-पहाड़ कॉलोनियाँ, सब ग़ायब होती जा रही थीं। कृषि विश्वविद्यालय, सिटी मॉल, मेग्नेटो मॉल ताश के पत्तों की तरह उसमें गिर गये। सैकड़ों कड़कती बिजलियों जैसी आवाज़ करती हुई वह गौरव पथ की ओर बढ़ी! गरचा हाइट्स के टॉप फ्लोर की खिड़की से प्रो़फ़ेसर वर्मा ने वह दृश्य देखा, तो हड़बड़ाकर नीचे जाने के लिए लिफ्ट की ओर लपके, तभी उनका पैर फ़िसल गया।

प्रो़फ़ेसर वर्मा के पूरे शरीर को एक तेज़ झटके ने हिला दिया और उनकी नींद टूट गयी। वे उठकर बैठ गये। उनकी साँस फूल रही थी और माथे पर पसीना था। एक तो नींद ही मुश्किल से आयी थी...ऊपर से यह भीषण सपना। उन्होंने सिरहाने की तरफ़ का टेबल लैम्प ऑन किया और बिस्तर से आहिस्ते से उठे। एक गिलास पानी पिया और कुर्सी पर बैठकर उन्होंने सिगरेट सुलगा ली। दो-तीन हल्के कश लेने के बाद उनकी साँसें सामान्य हुईं। सपने में अपने शहर को नष्ट होते देखकर

उन्हें अहसास हुआ कि उन्हें अपने शहर से लगाव है और यह भी कि अपनी तमाम दुर्दशाओं के बावजूद धरती का नष्ट ना होना ज़रूरी है। उन्होंने दार्शनिक भाव से सोचा कि यह संसार ही सबसे बड़ा सत्य है। इस ज्ञान की प्राप्ति उन्हें सपने के माध्यम से हुई। उन्हें अच्छा लगा कि आप्त वचन जैसा कोई वाक्य उनके मन में बना। उन्होंने घड़ी देखी। एक बजकर अड़तालीस मिनट हुए थे।

उनकी पत्नी ने करवट बदली। टेबल लैम्प के उजाले की वजह से उनकी नींद टूटी, तो उन्होंने प्रोफ़ेसर से पूछा–"क्या बात है? कुछ परेशानी है?"

"नहीं...नहीं, बस ऐसे ही"—उन्होंने पत्नी को आश्वस्त किया, "पानी पीने के लिए उठा था।"

"तबियत तो ठीक है?" एक अच्छी गृहणी के स्वर में चिन्ता का पुट था।

"नहीं...एकदम ठीक हूँ। नींद टूट गयी, तो सोचा एक सिगरेट ही पी लूँ। तुम सो जाओ।" प्रोफ़ेसर वर्मा ने कहा।

"अरे भई, कुछ नया लेख-वेख लिखना हो, तो दिन भी तो है पर बुद्धिजीवियों से कौन कुछ बोले-" कहकर श्रीमती वर्मा करवट बदलकर सो गयीं।

प्रोफ़ेसर वर्मा सिगरेट धूँकते हुए अपने को कोसते रहे कि सोने के पहले उन्होंने टी.वी. पर हॉलीवुड की फिल्म 2012 क्यों देखी। तथाकथित वैज्ञानिक कहानी पर फिल्म बनी है, जो सही मानी में पौराणिक कहानी की तरह एक कल्पना पर आधारित है। फिल्म आँखों के सामने प्रलय जैसा एकदम विश्वसनीय दृश्य उपस्थित कर देती है। कल्पना, मेहनत और तकनीक के संयोग से फिल्म तैयार की गयी है।

इक्कीसवीं सदी का दूसरा दशक शुरू होते ही पत्रिकावालों और मीडिया ने विश्वव्यापी हल्ला शुरू कर दिया था कि माया कैलेंडर के हिसाब से दुनिया 2012 में नष्ट हो जाएगी। 2012 लगने के एक साल पहले से शहरों से लेकर गाँवों तक लोगों में एक उत्तेजना-सी फैल गयी थी।

प्रोफ़ेसर को याद है कि काम करनेवाली बाई ने उनकी पत्नी से पूछा था- "आंटी जी, लोग कहते हैं कि 2012 में दुनिया खत्म हो जाएगी।"

"अरे फालतू बात है। कौन कहता है?" श्रीमती वर्मा ने पूछा था।

हमारे पड़ोस में एक देवांगन जी रहते हैं। वो चौबे कॉलोनी के स्कूल में टीचर हैं। उनके पास एक सीडी है आंटी, उसमें दिखाया है कि 2012 में दुनिया ख़ल्लास! उसमें सीन है कि दुनिया कैसे खत्म होगी। मेरे भाई ने भी वो सीडी ख़रीदी है।

"अच्छा!" उनकी पत्नी ने मज़ा लेते हुए कहा था, "हमको भी ज़रा वो सीडी दिखलाना।"

दूसरे दिन बाई ने उनकी पत्नी को सचमुच ही सीडी लाकर दे दी थी।

प्रोफ़ेसर वर्मा और उनकी पत्नी ने रात में सीडी देखी। केवल आठ मिनट के दृश्य और साथ में एक कमेंट्रीवाली सीडी में बतलाया गया था कि माया सभ्यता का कैलेंडर सन् 2012 तक का है। इसका अर्थ है कि उस महान सभ्यता के विद्वानों को यह मालूम था कि 2012 में प्रलय के बाद दुनिया नष्ट हो जाएगी। अत: उसके बाद कैलेंडंर की ज़रूरत ही नहीं होगी। हिन्दू पुराण भी तो कहते हैं कि प्रलय से दुनिया नष्ट हो जाती है। माया सभ्यता का सम्बन्ध तो महाभारत काल से भारतीय सभ्यता से रहा है। पांडवों के आश्चर्यजनक यज्ञस्थल का निर्माण माया कारीगरों ने ही किया था...वगैरह...वगैरह।

उस सीडी के समाप्त होते ही पत्नी ने प्रोफ़ेसर की तरफ़ प्रश्नभरी निगाह से देखा था। प्रोफ़ेसर वर्मा ने कहा था—''बकवास है। इस सीडी में हॉलीवुड की फिल्मों के टुकड़ों को जोड़कर एक भयानक मंज़र बनाया गया है। अरे भाई, हज़ारों साल पहले की माया सभ्यता का वैज्ञानिक ज्ञान आज के ज्ञान की तुलना में कुछ भी नहीं था। फिर भारतीय विश्वास के हिसाब से तो कलियुग का समय अभी बाक़ी है। ए फालतू सीडी है, जो उत्तेजना फैलाकर कमाई का साधन के अलावा और कुछ नहीं है।''

पत्नी ने, जो सीडी से प्रभावित सी हो गयी थी, पूछा-''लेकिन इससे इनको क्या मिलेगा। अरे भई, एक विचार है।''

तब प्रोफ़ेसर ने पत्नी को फिल्म, मीडिया कम्पनियों और बाज़ार का गणित समझाया था। किसी कम्पनी ने आठ मिनट की कमेंट्री और फिल्मी टुकड़ों के ज़बर्दस्त इस्तेमाल से अब तक करोड़ों पीट लिए होंगे। सोचो भला, सीडी की क़ीमत तीस रुपया है। अब तक अफ्रीका, दक्षिण अमेरिका, मध्य एशिया और भारत में इसकी लाखों प्रतियाँ बिक गयी होंगी। फिर अपने महान देश के लोग ऐसी बातों पर फ़ौरन विश्वास कर लेते हैं। लोग पंडितों, ज्योतिषियों के पास जा रहे होंगे और मन्दिरों में माथा टेकने लगे होंगे।

प्रोफ़ेसर वर्मा सोच रहे थे। 2012 बीत गया। बीतना ही था। मौक़े को देखकर हॉलीवुड की फिल्म बनी और ब्लाक बस्टर सिद्ध हुई। माया कैलेंडर के हल्ले को भी लोग भूल गये। प्रोफ़ेसर ने पहले यह फिल्म नहीं देखी थी। अब 2014 के जून माह के अन्तिम सप्ताह में टी.वी. पर इस फिल्म को देखकर वे इस क़दर हिल गये कि भयानक सपना देखकर जाग गये हैं।

दूसरी सिगरेट जलाते हुए उन्होंने अपने आपको समझाया—देखो प्रोफ़ेसर चन्द्रकुमार वर्मा, तुम हाइली क्वालीफाइड होकर भी सपने से इस तरह डर गये! तुम साइंस के प्रोफ़ेसर! पढ़े-लिखे बेअक़्लों की तरह भिदंरया गये! अभी न तो सारे

ग्लेशियर पिघले हैं, न ओज़ोन की परत नष्ट हुई है। न सूरज ठंडा पड़ रहा है और न ही धरती की आन्तरिक परत में कोई बड़ी गड़बड़ हुई है। फिल्म तो पुराण कथाओं का धुला-पुछा संस्करण है।

फिलहाल परमाणु युद्ध का खतरा भी नहीं है। जब शीतयुद्ध का ज़माना भी 'साले आना मेरे मुहल्ले की तरफ़ फिर बताता हूँ' टाइप की धमकी-चमकी और मुँह फुलाने तक ही सीमित रहा, तो अब क्या हो जाएगा। वैसे भी दुनिया के बड़े नेताओं की चबड़-चबड़ बिल्लियों के प्यार की तरह है, जो सम्भोग के पहले आमने-सामने बैठकर गुर्राती-गगुआती हैं।

सिगरेट खत्म करके वे उठे और उन्होंने रेफ्रीजरेटर से निकालकर कोकाकोला पिया। ज़ोर की डकार मारी। बाथरूम गये, फिर आकर बिस्तर पर लेटकर सोने की कोशिश करने लगे। नींद लाने के लिये, उन्हें लगा कि कुछ अच्छा यानी हल्का-फुलका सोचना चाहिए। उन्हें याद आया कि कुछ महीने पहले ही उन्होंने एक डीवीडी ख़रीदी थी—डॉट-हॉट डांस और चुहलबाज़ी करते हुए पत्नी के जन्मदिन पर वह डिस्क उन्हें उपहार में दी थी। क्या झटकेदार डांस हैं उसमें, कुछ देशी और कुछ विदेशी फिल्मों के। पत्नी उनकी शरारत की शिकायत करती जातीं और उसे देखती भी जातीं। हिन्दी फिल्मों के आइटम सांग के सामने तो हॉलीवुड के हॉट सीन भी पानी भरते हैं। भला हो हमारे सेंसर बोर्ड का और इस हसीन आज़ादी का। अगर 2012 है, तो उसकी काट भी तो है। प्रोफ़ेसर मुस्कुराए और उन्होंने आँखें बन्द कीं, शवासन् की मुद्रा में लेटकर ध्यान लगाया—ओंठ रसीले तेरे ओंठ रसीले...जी कहता मेरा...ये रस पी ले। मदमाती अदाओं की स्मृतियों से उनकी आँखें झँपने लगीं। नींद के आग़ोश में जाते-जाते उन्होंने सोचा औरतों के लिए भी कुछ इन्तज़ाम होने चाहिए। शायद होंगे भी!

सुबह जब वे सोकर उठे तो आसमान पर बादल छाए हुए थे और मज़े की हवा चल रही थी। चार दिन पहले की गर्मी की धमक कम हो गयी थी। मौसम की इस अदा ने रात के उस डर की याद को पूरी तरह पोंछ दिया, जिसे उन्होंने सोने के पहले ही परास्त कर दिया था। बादलों की हल्की-सी गड़गड़ाहट हुई, तो उनकी तबियत चकाचक हो गयी। अतिरिक्त लाभ की तरह रविवार का दिन था।

निवृत्त होकर अखबार पढ़ते हुए उन्होंने मौसम के अनुकूल, नाश्ते में गरमागरम भजिए खाने की इच्छा ज़ाहिर की और पत्नी से की गयी चर्चा के बाद तय पाया गया कि आज सिटी मॉल में शाम पाँच बजे के शो में फिल्म देखी जाए। मौसम है आशिक़ाना यार, हो जाए।

फिल्म देखकर लौटे, तो प्रोफ़ेसर मज़े में थे। एक कप चाय पीकर वे पलंग पर आराम से बैठ गये। पीठ के पीछे गावतकिया रखा। सिगरेट जलायी और हाथ में

अखबार का रविवारीय अंक लेकर टी.वी. चालू किया। तथाकथित समाचार की पूँछ बाक़ी थी, जिसमें देश के विभिन्न शहरों के तापमान के विषय में बतलाया जा रहा था। समाचार के तुरन्त बाद विशेष रिपोर्ट का एक कार्यक्रम शुरू हुआ।

दाढ़ी बढ़ाए हुए एक गुंडानुमा आदमी ने, आँखें तरेरते हुए कड़क आवाज़ में कहा—'कभी आपने सोचा कि क्या हो गया है दुनिया के मौसम को? क्यों पड़ रही है मौसम-बेमौसम इतनी ठंड? इतनी ठंड क्यों पड़ रही है? क्या है इसका रहस्य कि पारा इतने नीचे आ गया? आख़िर क्यों आ गया ऐसा बर्फीला मौसम? कभी आपने सोचा!'

इसके बाद वह हर मिनट पर लगभग धमकाते हुए, दुनिया-भर में होनेवाली अप्रत्याशित बर्फ़वारी के दृश्य दिखलाता रहा। उसकी मुद्रा ऐसी थी कि अब आप तबाही के कगार पर खड़े हैं और आप...केवल आप इसके लिए ज़िम्मेदार हैं। कुछ मिनटों के बाद ही प्रोफ़ेसर वर्मा को लगने लगा कि उनके बिस्तर पर बर्फ़ गिर रही है। स्क्रीन पर उत्तरी ध्रुव, दक्षिणी ध्रुव, समुद्र में तैरते विशाल हिमखंड, बर्फ़ से ढँके पर्वतों से होते हिमस्खलन और धीरे-धीरे बर्फ़ से ढँकती पृथ्वी की तस्वीरें दिखलाई जाने लगीं। दादानुमा आदमी कैफियत लेने के अन्दाज़ में पूछ रहा था-'क्या प्रलय क़रीब है? क्यों पड़ रही है इतनी ठंड? यह भीषण बर्फ़बारी का रहस्य क्या आप जानते हैं?'

ना चाहते हुए भी प्रोफ़ेसर के मन में धीरे-धीरे भय छाने लगा। सामने खौफनाक ढंग से कमेंट्री जारी थी। कार्यक्रम बनाया ही इस तरह गया था कि देखनेवाला डरते-डरते देखता रहे और दुबारा देखते हुए और भी डरता रहे। प्रोफ़ेसर के मुँह से निकला—हे भगवान, रक्षा करना। क्या जाने यह सच हो।

उन्हें याद आया कि अभी-अभी ही तो उन्होंने स्टीफन हाकिन्स को पढ़ा था कि ब्रह्मांड की रचना किसी ईश्वर ने नहीं की। तो, भगवान को याद करने और उसकी शरण में जाने से क्या फ़र्क़ पड़ेगा। उन्होंने टी.वी. बन्द कर दिया और सहज होने की कोशिश करने लगे। उन्हें लगा कि यह आसान नहीं है। मजबूरन उन्होंने अलमारी खोली, रम की बोतल निकाली और पैग बनाया।

पत्नी ने देखा तो कहा—"क्या बात है? आज तो जश्न मना रहे हैं।"

"बस, यूँ ही। मौसम की माँग है। वो कहा गया है ना : आए कुछ अब्र कुछ शराब आये, उसके बाद आए जो अज़ाब आये।"

खाना खाते समय भी वे बातचीत में हाँ-हूँ करते रहे। दुनिया पर छाते हुए हिमयुग की काल्पनिक तस्वीरें उनके मन-मस्तिष्क को झकझोरती रहीं। जब वे बिस्तर पर लेटे, तो उन्हें लगा कि उनके दिमाग़ में बर्फ़बारी हो रही है।

उनकी मन:स्थिति पिछली रात जैसी ही हो गयी। भय से उपजी एक

अयाचित ग्लानि! मानसिक उत्तेजना को शान्त करने के लिए वैसी ही किसी उत्तेजना का सहारा लेना कितना नैतिक होगा?

उनका मन वैचारिक टकराहट के भँवर में फँसा था। उन्हें संस्कृत के कुछ शुद्ध-पवित्र श्लोक और मन्त्र याद थे। आँखें बन्द करके उन्हें दुहराने में वे असफल रहे। वैसे भी इन सांस्कृतिक टोटकों में उन्हें विश्वास नहीं था। उनकी दृष्टि में उनका महत्त्व उन तीखी स्वादिष्ट चटनियों से ज़्यादा कुछ नहीं है, जिनकी सहायता से खराब स्वादवाले आलू की टिकिया को आदमी निगल लेता है। इससे बेहतर तो चिली की पोर्न स्टार मार्लेन डॉल के बारे में सोचना बेहतर है, जिसने फीफा वर्ल्ड कप के एक मैच में अपनी पसन्दीदा टीम के जीतने पर अपने ट्वीट्स फॉलोअर के साथ मैराथन सेक्स करने का वादा किया। आख़िर, इस दौर ने तरह-तरह के भय दिए हैं, तो उन्हें जीतने के साधन भी तो हैं। बस सातवाँ वेतनमान लागू हो जाए, तो कुछ मज़े किए जाएँ। एक तो ज्ञान का बोझ, ऊपर से भय, संशय, चिन्ता और उद्वेग! इनके इलाज के विषय में सोचो प्रोफ़ेसर! दुनिया को गोली मारो यार।

आधे सोये-आधे जागे प्रोफ़ेसर ने झपकियाँ लेते हुए अपने आभासी संसार को टुकड़े-टुकड़े सपनों में देखा। एक तरफ़ ग्लोबल गर्मी, पिघलते ग्लेशियर और उन्हीं के तटों पर बाबाओं के आश्रम, टूरिस्ट कॉटेज और बार! ज़मीन को तोड़ती भीषण दरार और उनके ऊपर बनते विराट फ्लाई ओवर्स! यूनिवर्सिटी, यू.जी. ऑफिस और पोर्न फिल्म के रंगीन दृश्य! आख़िरी झपकी में उन्होंने देखा, आयोग में सातवें वेतनमान की बैठक हो रही है और चेयरपर्सन की कुर्सी पर मार्लेन डॉल टॉपलेस बैठी है।

कल्पना के नील जल में सन्तरण करते हुए वे मीठी नींद की गोद में चले गये!

●

प्लम्बर रिज़वान का सपना

अब तक तीन मन्त्रियों के फेरे लग चुके हैं! उसके बाद कमिश्नर आए, कलेक्टर आये, डी.जी.पी. आये, आई.जी. आये, एस.पी. आये। सूँघने-साँघने के लिए पुलिस का कुत्ता भी आया। छोटे-मोटे अधिकारियों की तो गिनती ही क्या! कल तक स्थानीय कर्मचारियों और पब्लिक को जो अफ़सर बड़े लगते थे, अब वे इतने बड़े नहीं लग रहे थे।

जिनकी सीधी-सीधी ज़िम्मेदारी थी उन्हें तो हर अफ़सर के आदेश का पालन करना ही था। उनकी मुश्किल थी। जब वे सिर झुकाकर 'यस सर' कहते तो मन ही मन जोड़ते—'तेरी ऐसी की तैसी'। जब उन्हें फ़ुरसत मिलती तो आपस में कहते-'यार, क्या ज़रूरत आ पड़ी कि उपराष्ट्रपति यहाँ पधार रहे हैं।'

यूँ जानने को सभी जानते हैं लेकिन अपनी ज़ुबान से बोलकर कौन और क्यों फँसे! कोई साला चुगल खोट्टई कर दे तो ऊपर से अपने को बम्बू! अरे भई, राजकाज है। रहस्यमय तो होगा ही! बोलकर कौन बेवकूफ़ बने। बोलने की ज़रूरत भी क्या है। कहा गया है ना, कि जनता सब जानती है।

आज भी नगर के कई खूबसूरत भवन रियासत काल की देन हैं। नगर की ही नहीं, पूरे अंचल की शान है 'जयसिंह कला निकेतन' जो भूतपूर्व राजा साहब के महल में ही स्थापित है। भूतपूर्व नरेश, जो तब भी राजा बहादुर कहलाते थे, राजमहल छोड़कर सपरिवार लक्ष्मण बगीचा इलाक़े के 'बसन्त विलास विला' में चले गये थे। राजा तालाब के किनारे बना बसन्त विलास विला रियासत काल में वी.आई.पी. रेस्ट हाउस हुआ करता था जो किसी महल की तरह ही शानदार था। अभी जो सरकारी रेस्ट हाउस है वह भी उसी समय का बना भवन है। वह भी स्टेट का नम्बर दो गेस्ट हाउस था। बसन्त विलास विला विदेशी अतिथियों के लिए था। शानो-शौकत में यह भी कम नहीं था। सात कमरों और ड्राइंग-डाइनिंग हॉलवाले गेस्ट हाउस का बरामदा मकराना संगमरमर के टाइल्स का था जहाँ बैठकर सामने के बगीचे की हरियाली का आनन्द लेनेवाले मेहमान खुश होकर वापस लौटते थे। शाम

को वेटर बाक़ायदा विदेशी मदिरा से खातिरदारी करते थे। गेस्ट हाउस के सेवक झुककर, कुहनी तक हाथ जोड़कर 'हुकुम' कहकर आदर देते थे। अब यह सरकारी रेस्ट हाउस अधिकारियों, नेताओं के ठहरने का स्थान और समय-समय पर उनके चमचों की विलास-भूमि है। पुराना हैड वेटर सुजान सिंह तो कहा करता था कि आजकल के अफ़सर भी कोई अफ़सर हैं? ज़ोर से छींकते-पादते हैं और फोकट का मुर्गा खाकर डकार लेते हैं तो टिकरा पारा तक आवाज़ सुनाई देती है।

आज़ादी के बाद प्रान्त के जो मुख्यमन्त्री बने थे वे कभी इस रियासत के दीवान रह चुके थे। तत्कालीन नरेश ने मुख्यमन्त्री के सामने प्रस्ताव रखा था कि वे अपना महल दान में दे देंगे। बशर्ते उसमें एक कला-केन्द्र स्थापित किया जाए। राजा साहब का कला-प्रेम जगज़ाहिर था। वे खुद नृत्यकला के मर्मज्ञ थे। वैसे भी दस एकड़ की बाउंड्री वॉल के बीच बने तिमंज़िले महल की देखरेख अब उनके बूते की बात नहीं थी। प्रीवी पर्स क्या है! ऊँट के मुँह में ज़ीरा! राजा-महाराजा का खर्च ये अल्लू खल्लू क़िस्म के नेता क्या जानें जो जनप्रतिनिधि बन गये थे। सिगरेट-शराब, शिकार पार्टी, सात कारों और दो रखैलों का खर्च क्या कम होता है।

मुख्यमन्त्री, ज़ाहिर है कि समझदार आदमी थे। वे जनता के आदमी तो थे ही, राजाओं-महाराजाओं के भी ख़ास थे। वकील जो थे। प्रान्त के कई रईसों की ज़मीन-जायदाद डूबने से बचायी थी। तो, एक तरफ़ थी व्यावहारिकता और अमर होने की इच्छा और दूसरी तरफ़ थी रणनीति और नमक अदा करने की वफ़ादारी! यूँ, नाम अमर हो गया। जयसिंह कला निकेतन आज की तारीख में महत्त्वपूर्ण संस्था है। तत्कालीन केन्द्रीय शिक्षा मन्त्री ने इसका उद्‍घाटन किया था।

रियासतकालीन नरसिंह मन्दिर की खासी प्रसिद्धि है। राजघराना भगवान नरसिंह का भक्त था। मौजूदा पीढ़ी भी उस भक्ति-परम्परा को निभा रही है। मन्दिर के पुजारी का अभिमत है कि भगवान की लीला अपरम्पार है। उसकी लीला ही तो है कि राजघराने के वर्तमान चिराग राजनीति में उतरे। उतरना ही था क्योंकि राजनीति तो उनके खून में है। आप चाहें तो डी.एन.ए. का परीक्षण करवा लें। कुंडली में तो राजयोग है ही। तभी तो सांसद बन गये हैं। बस, दो बार पार्टियाँ बदलनी पड़ी हैं। दूसरी तरफ़ प्रान्त के प्रथम मुख्यमन्त्री के पुत्र, जो प्रारम्भ से ही केन्द्रीय राजनीति में बड़े पदों पर रहे हैं, आज उपराष्ट्रपति के पद पर शोभायमान हैं। है ना विधि का विधान। कला निकेतन के निदेशक उपराष्ट्रपति के दूर के रिश्तेदार लगते हैं। है ना ग़ज़ब का ग्रहयोग! उन्हें आशा है कि उपराष्ट्रपति के आगमन के बाद संस्था को केन्द्रीय अनुदान भी उदारतापूर्वक मिलने लगेगा।

मुश्किल तो है अधिकारियों की।

एक-एक चीज़ की नोक-पलक सजी-सँवरी होनी चाहिए। वी.वी.आई.पी.

रहेंगे मात्र तीन घंटे लेकिन उन तीन घंटों के इन्तज़ाम के लिए दौड़धूप सैकड़ों घंटों की! विशेष विमान प्रान्त की राजधानी तक आएगा फिर अति विशिष्ट अतिथि राज्य के हेलिकाप्टर से यहाँ आएँगे। राज्यपाल और मुख्यमन्त्री भी साथ होंगे। रेस्ट हाउस को देश के उपराष्ट्रपति की मेहमानी के लायक़ बनाना क्या मज़ाक़ है! नए सिरे से रँगाई-पुताई नए गमलों में नए फूल-पौधे। पता चला है कि उपराष्ट्रपति फूलों के शौक़ीन हैं तो राज्यपाल का आदेश है चारों तरफ़ फूलों के गमले हों। रेस्ट हाउस को राजभवन की गरिमा और सम्पन्नता देनी है। ऊपर से आदेश है कि खर्च की चिन्ता नहीं करो।

ग़नीमत है कि स्टेट टाइम में भी छोटे विमान की पट्टीवाला प्राइवेट एयरोड्रम था। पट्टी तो अब नहीं है लेकिन आठ किलोमीटर दूर समतल मैदान अभी है। राज्य का हेलिकॉप्टर वहीं उतरेगा। मैदान इस क़दर झाड़ा-बुहारा गया है कि किसी के घर के आँगन को भी यूँ नहीं झाडू लगाई गयी होगी! हेलिकाप्टर उतरने के लिए जहाँ घेरा चिन्हित करना है वहाँ अभी तक दो बार गोबर से ज़मीन लीपी गयी है। ग़नीमत है कि नगर की गायों की गोबर करने की क्षमता ठीक-ठाक है। पालिका के ट्रैक्टर-ट्राली ने गोबर एकत्र करने और ढोने में अपनी कार्यकुशलता का अच्छा परिचय दिया था। (नगर के कुछ लोगों का मानना है कि इसे किसी रिकॉर्ड बुक में स्थान मिल सकता है।) वी.वी.आई.पी. के आने के एक दिन पूर्व तीसरी बार लिपाई-पुताई हो जाएगी तो मामला फिट। मातृभूमि की धूल चन्दन की तरह सिर-माथे पर नहीं चढ़ेगी।

एस.डी.ओ. वर्मा हर चार-पाँच घंटे में रेस्ट हाउस का राउंड मार रहे हैं। अभी-अभी रेस्ट हाउस से निकलकर ऑफिस गये हैं। अनुभवी आदमी होने के बावजूद, अब इतने अनुभवी भी नहीं थे कि नगर में इतनी बड़ी हस्ती के आगमन की तैयारियाँ हो रही हों तो भी उन्हें बार-बार पेशाब न लगे। अभी-अभी रेस्ट हाउस के बाथरूम में निवृत्त भी हुए थे लेकिन उस बाथरूम में नहीं जो अभी उपराष्ट्रपति के लिए तैयार किया जा रहा है। वहाँ सभी का प्रवेश निषेध है। प्रान्त के होम मिनिस्टर राजधानी के सबसे कुशल आर्कीटेक्ट बल्कि यूँ कहें कि बाथरूम विशेषज्ञ आर्कीटेक्ट को लेकर पिछले हफ्ते आए थे जो मुआयना करके मशविरा दे गये कि राज्य अतिथि के कक्ष से लगे, पहले ही से सुन्दर बाथरूम को और लकदक तथा आरामदेह किस तरह बनाया जा सकता है।

आर्कीटेक्ट के निर्देशों का मक्खी-टू-मक्खी निर्वाह करने के लिए राजधानी के विशिष्ट अतिथिगृह के प्लम्बर और उसके लिए हैल्पर को बुलाया गया है। एस.डी.ओ. साहब भी उसके मिज़ाज का ख्याल रख रहे हैं। अभी तो वही माई-बाप हैं। उसे एनेक्सी में कमरा दिया गया है ताकि दो-तीन दिन रहकर यहाँ का

काम सेट कर दे। डिपार्टमेंट के हैडक्लर्क को निर्देश है कि शाम को उससे दारू-शारू की बाबत भी पूछताछ लें।

डिपार्टमेंट का स्थानीय प्लम्बर रिज़वान इस बात से सख्त नाराज़ है कि उसके सिर पर किसी सुपर प्लम्बर को बैठा दिया गया है। सुपर प्लम्बर कोई ऐसा तोपचन्द तो है नहीं जो सोने की लेंड़ी हगता है। अनुभव और जानकारी में तो वह खुद उससे दो हाथ आगे है। विभाग का इंजीनियर शर्मा भी इस बात को मानता है कि रिज़वान क़ाबिल आदमी है, बस, बकर-बकर बहुत करता है। और बोलता भी है ठाँय-[illegible] कभी-कभी मज़ा भी आता है।

रा[illegible] होने के बाद भी चैन नहीं है।

शर्मा ने रिज़[illegible] को बुला रखा है। अभी-अभी साहब फिर निर्देश देकर गये हैं कि सब कुछ नया होना [illegible] मख्यमन्त्री को दिल्ली के एक अधिकारी दोस्त से पता चला है कि उपराष्ट्रपति का प[illegible] रंग गुलाबी है। आदेश हुआ है कि रेस्ट हाउस में अधिक से अधिक गुलाबी रंग क[illegible] उपयोग किया जाए। तो अब वी.आई.पी. कक्ष और बाथरूम में गुलाबी का भारी प्रकोप है। परदे, चादर से लेकर पाँवपोश तक गुलाबी। बाथरूम के टाइल्स और कमोड बदलकर गुलाबीकरण ज़ोरों पर है।

पाश्चात्य शैली का शानदार गुलाबी कमोड फिट करने के काम में जुटे रिज़वान ने शर्मा से कहा "सर, इस पर बैठकर मज़ा आ जाएगा। इस पर से तो उठने का मन ही नहीं करेगा।"

"तुम भी रिज़वान कैसी बातें करते हो!" शर्मा ने भी मज़ा लेते हुए कहा, "अगर ऐसा होने लगे तो सारा राज-काज ही ठप्प हो जाएगा। बड़े लोग इन बातों से बेफ़िक्र रहते हैं।"

"बेफ़िक्र रहते हैं तो बाथरूम को बार-बार नया क्यों करना पड़ता है?"

रिज़वान ने हाथ रोककर शर्मा की ओर देखा, "सर, मैंने सुना है कि गाँधी जी के आश्रम में संडास की सफाई सबको करनी पड़ती थी। खुद गाँधी जी भी सफाई करते थे। वहाँ तो ऐसा चकाचक बाथरूम नहीं रहा होगा।"

शर्मा ने चेंथी सहलाते हुए कहा, "अरे भाई, वो महात्मा थे। अब बड़े नेताओं के चमचे उन्हें यह विश्वास दिला देते हैं कि उनके सारे अंग बड़े कोमल और क़ीमती हैं।"

"ये तो आप बरोबर बोले सर। ये तो राजा-महाराजा जैसा ऐश कर रहे हैं।" कुछ देर तक रिज़वान चुप रहा फिर बोला, "सर, राजमहलों के बाथरूम तो और भी शानदार होते होंगे।"

"हाँ, ज़रूर होते होंगे। हमने तो देखा नहीं है। अखबार में ज़रूर पढ़ा है कि

ईरान के शाह के बाथरूम का कमोड सोने का था।'' शर्मा ने कहा।

''सोने का कमोड!'' रिज़वान का हाथ रुक गया और आश्चर्य से मुँह खुल गया। जब उसका मुँह बन्द हुआ तो उसने चेंथी सहलाई और फिर धीरे से कहा, ''सर, एक बात कहूँ! अगर किसी को बवासीर हो तो सोने के कमोड पर बैठकर भी उसे आराम नहीं मिल सकता।''

''सो तो है। लेकिन तेरे दिमाग़ में भी यार, क्या-क्या बातें आती रहती हैं। अब ऐसा है कि इन बड़े लोगों से अन्दर की बात कौन पूछेगा। फिर कुछ बातें तो राष्ट्रहित में गोपनीय रखना सरकारी नीति भी है।''

''ये भी बरोबर है सर।'' रिज़वान ने सहमति में सिर हिलाया फिर जैसे कुछ याद आया हो इस तरह बोला, ''सर, मैंने पेपर में पढ़ा। अमिताभ बच्चन ने ट्विटर पर लिखा है—'कम से कम टायलेट को लेकर तो बॉस और कर्मचारी के बीच भेदभाव न हो। सब लोग एक ही टायलेट का इस्तेमाल करें।' क्या बात कही है सर बच्चन साहब ने।''

शर्मा को हँसी आ गयी। फिर उसने कहा, ''बात तो बढ़िया है लेकिन यह तय है कि इस टायलेट का इस्तेमाल तुम नहीं कर पाओगे। रही बात बच्चन साहब की तो पता नहीं वे तुम्हारे टायलेट का इस्तेमाल करना चाहेंगे या नहीं। अब तो तुम्हारे गाँव में भी हर घर में शौचालय बन गये हैं ना?'' शर्मा ने पूछा तो रिज़वान ने उन्हें इस नज़र से देखा कि उन्हें समझ में नहीं आया कि उसकी प्रतिक्रिया क्या है। रिज़वान कुछ कहे बिना शर्मा के चेहरे को कुछ क्षणों तक देखता रहा फिर मुड़कर काम में जुट गया।

शर्मा को अजीब लगा इसलिए पूछा, ''क्या हुआ रिज़वान कुछ कहा नहीं!''

''ऐसा है सर, जो है भी और नहीं भी है उसके बारे में क्या बतलाऊँ! लोगों को सच्चाई का पता नहीं है। यहाँ के बाथरूम और हमारे, सरकारी भाषा में कहें तो, शौचालय में बहुत अन्तर है सर। अखबार में आप कुछ भी पढ़ लें और सरकार या अफ़सर भले ही अपनी मूँछें उमेंठ रहे हैं लेकिन...।''

काम खत्म करके रिज़वान साइकिल पर घर लौट रहा था। उसका गाँव नगर से सात किलोमीटर दूर है। हालाँकि शहर अपने पंजे बढ़ाता हुआ उसके गाँव के पास तक पहुँच गया है पर अभी भी वह नगर का मुहल्ला नहीं बना है। गाँव में आदमी हैं। उनके घर हैं ज़्यादातर कच्चे। कुछ के अच्छे दिन आए तो कच्चे-पक्के हो गये। एक तालाब है। चार बोरिंग हैं। पालिका की सीमा के बाहर है इसलिए नल होने का सवाल ही नहीं है। लोगों का नहाना-धोना तालाब में होता है और पीने का पानी बोरिंग से लेना होता है।

साइकिल के चक्कों के साथ ही रिज़वान की स्मृति का चक्र भी घूम रहा था!

निर्मल ग्राम योजना के अन्तर्गत उसके गाँव के घरों में भी शौचालय बनाए गये थे। बारहवीं कक्षा का छात्र सोनू पटेल परम चटरहा है। उसने सरपंच जी से पूछा था, ''काका, शौचालय का उद्घाटन किस मन्त्री से करवाओगे?''

क्षणभर तो सरपंच जी सोच में पड़ गये थे कि यदि मुख्य अतिथि शौचालय का व्यावहारिक उपयोग करके उद्घाटन करेंगे तो ऐन वक़्त पर तालियाँ किस तरह बजाई जाएँगी। किस लोटे का इन्तज़ाम करना होगा क्योंकि शौचालयों में नल तो है ही नहीं। फिर उन्हें समझ में आ गया कि लौंडा मज़ाक़ कर रहा है तो बमककर बोले, ''एक रहपट दूँगा घुमा के। भाग यहाँ से। ठिठोली करता है बे।''

उद्घाटन तो नहीं हुआ लेकिन देवी चौरा के मंच पर एक कार्यक्रम हुआ था। मंच से विधायक जी,ने ओजस्वी वाणी में कहा था कि अब ग्रामीण भाई-बहनों को अपने ही घर में निवृत्त होने का गौरव प्राप्त होगा।

कार्यक्रम की समाप्ति के बाद चटरहा सोनू ने भाषण का भाव इस तरह प्रस्तुत किया था—'आर्थिक क्षेत्र की महाशक्ति भारत की जनता का पिछवाड़ा अब ताक-झाँक की वस्तु नहीं है।'

रिज़वान ने याद किया कि उसके गाँव को गौरव तब मिला था जब निर्मल ग्राम योजना में गाँव को आदर्श ग्राम घोषित किया गया था। राष्ट्रीय स्तर के अखबारों ने खबरें छापी थीं। यू.एन.ओ. तक बात पहुँची थी कि भारत के ग्रामीण जन अब लोटा लेकर निवृत्त होने के लिए खेत की तरफ़ नहीं जाते। राज्य सरकार ने पंचायत को आदर्श ग्राम होने का प्रमाण-पत्र दिया था।

क्या गहमागहमी थी उस दिन! मुख्यमन्त्री खुद आ रहे थे। कार्यक्रम शाम को हुआ था। विधायक जी के खर्चे पर आतिशबाज़ी हुई थी। यानी कि, ऐसा बतलाया गया था कि उनके खर्चे से की गयी। मंच सजा था। ख़ास कुर्सियाँ लगाई गयी थीं। टेबल पर मिनरल वाटर की बोतलें रखी गयी थीं। राजधानी के पत्रकार तो जन सम्पर्क अधिकारी के नेतृत्व में मुख्यमन्त्री के क़ाफ़िले के साथ ही आए थे। लेकिन ज़िला मुख्यालय के केबल टी.वी. ने कार्यक्रम शुरू होने के पहले से ही वीडियोग्राफी शुरू कर दी थी। सरपंच के साक्षात्कार के अलावा एंकर कुछ शौचालयों को कवर करके जनता से बातचीत करने का फ़र्ज़ पूरा करने लगा!

एक बुढ़िया से उसने पूछा, ''आपके घर भी शौचालय बन गया?''

बुढ़िया ने आँखें तरेरकर उसकी ओर उपेक्षा से देखा पर कुछ बोली नहीं।

टी.वी. एंकर ने बिना हतप्रभ हुए फिर पूछा, ''अब शौच करते समय आपको कैसा लगता है?''

डोकरी भड़क गयी! हाथ फटकारते हुए बोली थी, 'तुम्हें कैसा लगता है? वहाँ बैठ के लड्डुआ खाते हो क्या? गाँव में पीने के पानी तक की तकलीफ़ है। वहाँ

बैठ के धोने-धाने को पानी कहाँ पाएँगे। हाँ, नहीं तो। कोई नहीं जाय उते... का कहत हें ऊखों तुमाए सोचालय में। हाँ ऽ नईं तो। बड़े आए पूछबे बारे। हाँ ऽ ऽ नईं तो...'

उसी समय चटरहा सोनू आ पहुँचा था और बोला, ''सर जी, हर घर में छह-सात वैसी वाटर बॉटल भिजवा दीजिए जैसी वहाँ टेबल पर रखी हैं। पीने और धोने का काम आसानी से हो जाएगा।''

...रास्ते-भर रिज़वान उस दिन के आदर्श निर्मल ग्रामोत्सव के विषय में सोचता रहा। बीच-बीच में उसे प्रधानमन्त्री और विद्या बालन के चेहरे याद आते जो टी.वी. के विज्ञापन में बार-बार आते हैं। वह घर पहुँचा तो किसी से बातचीत करने की उसकी इच्छा नहीं हुई। खाना खाकर वह बिस्तर पर लेट गया।

वह जल्दी सोना चाहता था क्योंकि सुबह जल्दी उठकर बच्चों के साथ निपटने के लिए तालाब के साथ लगी झाड़ियों की तरफ़ जाना पड़ता है। कोकाकोला, स्प्राइट और मिनरल वाटर की खाली बोतलों में घर के पास के बोरिंग से पानी भरकर यह कृत्य पूरा करना होता है। थकावट के बावजूद उसे बहुत देर से नींद आयी लेकिन ब्रह्ममुहूर्त में उसने ज़िन्दगी का सबसे खूबसूरत सपना देखा।

प्लम्बर रिज़वान ने देखा कि वह एक शानदार बाथरूम में खड़ा है। बारह बाई अठारह फुट के बाथरूम में सब कुछ गुलाबी था। दीवारों के कोनों में लगे ग्लास कॉर्नर्स पर छोटे-छोटे गमलों में लगे फूल गुलाबी थे। फर्श, वाशबेसिन, यूरिन पॉट, भी गुलाबी। वाश बेसिन् के ऊपर लगे आईनों के फ्रेम गुलाबी। गुलाबी रंग का ए.सी.। एक दीवार से सटा हुआ गुलाबी बाथटब और उससे लगकर झीना गुलाबी परदा। दीवार पर लगे फ्रेम पर गुलाबी टॉवेल। उस चमचमाते बाथरूम में शानदार कमोड भर गुलाबी नहीं था। कमोड ठोस सोने का बना हुआ था!!!

बाथरूम के बीच खड़े रिज़वान ने सपने में सोचा कि कहीं वह सपना तो नहीं देख रहा है!!!

●

राजधानी से गुमी किताब

वह एक खूबसूरत और महँगी किताब थी। एकदम ताज़ातरीन, जिसे सूँघने से एक प्यारी गन्ध आती थी। जिस तरह मिट्टी की सोंधी गन्ध में या नए नोटों की गड्डी की गन्ध में एक अनोखापन और प्रभाव होता है, वैसा ही किताब में भी था। फ्रांसीसी पिता और लेटिन अमरीकी माता के बेटे पॉल मालरो के अनोखे जीवनानुभवों का निचोड़ उस किताब में था। किताब का शीर्षक था—'कामेच्छा और रचनानुभव'। प्रकाशन के तीन महीने बाद ही बेस्ट सेलर की सूची में तीसरा स्थान पा लेनेवाली उस महत्त्वपूर्ण किताब की विषयवस्तु की ही तरह उसकी साइज़ भी ख़ास थी—बारह इंच लम्बाई और दस इंच चौड़ाई। लिलाक के हल्के रंग के कवर के बीचोंबीच पाँच इंच के क्रीम कलर के वर्गाकार में चटकीले रंगों से एक कोलॉज बना था जिसगें शिवलिंग, खजुराहो की मिथुन मूर्ति की कमर, जूलिया राबर्ट की आँखें, मेडोना की जाँघें, माधुरी दीक्षित के चोली में से झाँकते स्तन, पोर्न फिल्म के नीग्रो अभिनेता डेविड के चेहरे की आक्रामक उत्तेजना, मक़बूल फ़िदा हुसैन के पाँव, सुरंग में प्रवेश करती हुई ट्रेन और स्वाधीनता की मूर्ति की मशाल थी। ब्लर्ब में लिखा था—दुनिया के ग्लोबल गाँव बन जाने के बाद विश्व-भर के मानव-समूहों के स्त्री-पुरुष सहज रूप से एक-दूसरे को उपलब्ध हो गये हैं तब जीवनानुभव के नए आयाम की ओर दृष्टि डालने का यह सद्य प्रयास है। यह किताब उम्दा कॉकटेल जैसे तरतराते स्वाद और नशे की तरह मज़ेदार और कामनाओं में उफान पैदा करनेवाली है। 21वीं सदी में साहित्य, कला और संस्कृति के अध्येता के लिए ज़रूरी विमर्श के लिए यह किताब प्रवेश द्वार है।

प्रकाशक से सीधे मँगाई गयी यह किताब हिन्दुस्तान में कुछ ही लोगों के पास रही होगी। लेखकों-आलोचकों के बीच तो शायद वह एकमात्र प्रति थी और वह गुम गयी! यह एक ऐसी गम्भीर घटना थी जो दूरगामी प्रभाव डालनेवाली थी! हर साल की तरह इस साल भी कहा जा रहा था कि राजधानी में इतनी ठंड पहले कभी नहीं पड़ी थी। जहाँ तक साहित्यिक-सांस्कृतिक माहौल का प्रश्न था वह

एकदम गर्म था—बुदबुदांक तक! वहाँ जमकर साहित्य हो रहा था और कसकर संस्कृति हो रही थी। उन दिनों हिन्दी साहित्य की सबसे महत्त्वपूर्ण घटना थी वह साक्षात्कार जिसमें प्रसिद्ध लेखक बलवीर जी ने नारी समस्या पर विचार करते हुए उन पाँच नारी रत्नों को सर्वाधिक स्वतन्त्र घोषित किया था जिनके साथ उनके दैहिक या उससे कुछ मिलते-जुलते सन्बन्ध थे। लोग लगातार चर्चाग्रस्त हैं कि इस स्वतन्त्रता के कितने प्रवर्ग किए जा सकते हैं। मोटे-मोटे तीन वर्ग के प्रचलन को सुधीजनों ने विश्वसनीय माना। गरदन से ऊपर की स्वतन्त्रता, कमर से गरदन तक की स्वतन्त्रता और कमर से नीचे की स्वतन्त्रता। एक आलोचक ने उसे चुम्बन, परिरम्भण और रमण की सांस्कृतिक परम्परा से जोड़ते हुए बलवीर जी को कृष्ण-भक्ति की आधुनिक धारा में रखने का आग्रह किया। साक्षात्कार की खूब चर्चा हुई और आरोप-प्रत्यारोप की फुहारों में साहित्य विद्यापति की सद्यस्नाता नायिका की तरह भीगकर ऐंड़ाने-मुर्राने लगा। स्वाभाविक है कि इस दौरान किसी भी रचना की चर्चा नहीं हो सकी क्योंकि सारे सम्पादक, सह-सम्पादक, लेखक, आलोचक, रिव्यू लेखक, कॉलम राइटर और ढेर से पाठक इस प्रकरण में व्यस्त हो गये। सभी की गम्भीर कोशिश यह रही कि इस चर्चा में शामिल होकर कोई-न-कोई वक्तव्य ज़रूर दिया जाए। ज़रूरी सवालों में हस्तक्षेप करने का यह नायाब नमूना था।

इधर यह भी हुआ कि दो बड़े आलोचकों में ठन गयी जबकि एक ऐसा समय था कि उनकी भव्य मैत्री के आलोक में पूरा हिन्दी प्रदेश चर्चा के विषय तय करता था। वैचारिक स्तर पर दो ध्रुवों पर खड़े इन विद्वानों की लेखन सम्बम्धी पसन्द एक-सी रही है। वर्षों तक जिनका काम एक-दूसरे के बिना नहीं चलता था, वे एक-दूसरे को बड़बोला और अवसरवादी कह रहे थे। उनका सौहार्द बना हुआ था पर समीकरण में कहीं गड़बड़ हो गयी थी। राजसूय यज्ञ के अश्व की तरह प्रत्येक दिशा में उनकी गति है। वे जाते हैं, देखते हैं और विजय प्राप्त करते हैं। वे जिस शहर में आते हैं वहाँ के बुद्धिजीवियों के हाथों में राजधानी में चलनेवाली किसी चर्चा की फुलझरी थमा जाते हैं। नतीजतन कुछ दिनों के लिए वहाँ के रचनाकार और साहित्यप्रेमी पढ़ना-लिखना छोड़कर उस फुलझरी से खेलते रहते हैं। इस तरह वहाँ भी साहित्य होने लगता है।

उन्हीं दिनों एक चर्चित रचनाकार ने एक छोटे शहर में आयोजित एक साहित्य समारोह की गोष्ठी में अपनी कविता की आलोचना करनेवाले समीक्षक पर मानहानि का दावा करते हुए दस लाख रुपए की क्षतिपूर्ति की माँग की। उसने तीन लाख रचना की निन्दा करने के लिये, तीन लाख मानसिक त्रास में डालने के लिये, तीन लाख बानबे हज़ार रुपए और पचास पैसे कविता को एक विदेशी कवि की रचना की नक़ल कहने के लिए और सात हज़ार रुपए पचास पैसे अपनी रचना पर बिना

अनुमति लिए एक छोटे शहर में चर्चा करने के लिए माँगे। उसकी मान्यता थी कि होगा आलोचक प्रतिभाशाली और पढ़ा-लिखा पर वह देश के पाँच सबसे प्रसिद्ध समीक्षकों और सम्पादकों में नहीं है। आलोचक एक छोटे स्थान का रहनेवाला है यानी 'इत्यादि' में शामिल होने योग्य है—यह भी सात हज़ार रुपए पचास पैसे के दावे का एक आधार था।

देश के एक सबसे ईमानदार और क्रान्तिकारी लेखक ने अपने समय के सारे रचनाकारों और समीक्षकों को टुच्चा कहते हुए अपनी श्रेष्ठता का ढोल इतने ज़ोर से पीटा कि वह फट गया। उसे उम्मीद थी कि साहित्य के महासागर में, हालीवुड की फिल्म 'डीप इम्पेक्ट' की तर्ज़ पर एक विराट लहर उठेगी जिसके धक्के से सारी मूर्तियाँ टूट जाएँगी। वह प्रशंसा-भरी तालियों और घृणायुक्त गालियों के लिए तैयार ही नहीं, बेचैन भी था पर लोग उसकी साहस-कथा पढ़कर भी उद्वेलित नहीं हुए और चुप लगा गये, लिहाज़ा वह बेहद परेशान और उदास है। उसकी भेंट जिससे भी होती है वह उससे कहता है—इन दिनों मेरे विरुद्ध एक गहरा षड्यन्त्र रचा जा रहा है। लोग मुझे जानबूझकर हाशिए पर डालने के लिए आमादा हैं।

यह एक अलग बात है कि राजधानी में ही विनम्र भाव से चुपचाप काम करनेवाले लोग भी हैं जो चर्चा के केन्द्र में नहीं रहते। यदि वक़्त की रफ्तार ने सभी को बेईमान नहीं बना दिया तो हो सकता है कि आगे चलकर लोग उन्हें ही इस रूप में याद रखें कि बुनियादी काम उन्होंने किया है।

...और इन सबसे अलग हटकर और ऊपर भी हैं डॉ. सुनीति कुमार जो इन विवादों को अपने को दूर रखते हुए निरन्तर काम करते हैं। पश्चिमी दुनिया में चलनेवाली चर्चाओं को वाया दिल्ली हिन्दी क्षेत्र में प्रसारित करने की महत्त्वपूर्ण ज़िम्मेदारी वे लगातार निभाते रहे हैं। उनके विदेशी मित्र नए चर्चित ग्रन्थ उनके पास तुरन्त भेजते हैं जिनका गहन अध्ययन वे करते हैं और उसका सुपरिणाम होता है हिन्दी क्षेत्र में साहित्य के नए मुद्दों पर गम्भीर बहस की शुरुआत। पिछली सदी के नवें दशक में लेखकीय स्वतन्त्रता और साहित्य की स्वायत्तता पर वे सभी का ध्यान केन्द्रित किए रहे। किसी की मजाल नहीं थी कि जहाँ वे उपस्थित होते वहाँ कुछ और चर्चा हो पाती। उनकी ओजस्वी वाणी और उद्धरण-प्रक्षेपण के आगे असहाय होकर लोग एक-दूसरे की ओर टुकुर-टुकुर ताकते रह जाते। पिछले सात-आठ वर्षों से उत्तर-आधुनिकता की सैद्धान्तिकी को स्थापित किए रहने का श्रेय भी उन्हीं को है। यहाँ तक कि जब देरिदा दिल्ली आए थे तो कुछ लोगों को यह लगा था कि उत्तर आधुनिकता पर देरिदा के विचारों को डॉ. सुनीति कुमार देरिदा से बेहतर समझते हैं। उनकी जागरूकता अनुकरणीय है। दुनिया में जो भी चिन्तन हो रहा है, वह भारतीय समाज और साहित्य पर किस तरह घटित होता है उसकी व्याख्या करने की अद्भुत

समझ उनमें है। उनके मित्र, प्रशंसक और अनुगामी समीक्षक प्रशान्त वर्मा उन्हें सात घोड़ोंवाले रथ पर आरूढ़ आदित्य कहते हैं। साहित्य, दर्शन, कामशास्त्र, ज्योतिष, पाश्चात्य काव्यशास्त्र, लोक-संस्कृति और साम्यवाद के विरोध रूपी सात घोड़ों की वल्गाओं को थामे वे देश की राजधानी में सूर्य की तरह चमक रहे हैं।

जो किताब गुमी वह डॉ. सुनीति कुमार की थी। वे गहरे अवसाद में थे और प्रशान्त शर्मा अपराधबोध से बुरी तरह ग्रस्त थे क्योंकि किताब उन्हीं के हाथों गुमी थी। उन्होंने डॉ. सुनीति कुमार की स्टडी में वह किताब देखी थी और मात्र तीन दिनों के लिए वे उसे माँगकर ले आए थे। प्रशान्त वर्मा यह महसूस कर रहे थे कि साहित्य के प्रति उनसे कितना बड़ा अपराध हो गया है। हिन्दीभाषी क्षेत्र में एक गम्भीर और दीर्घजीवी चर्चा की शुरुआत डॉ. सुनीति कुमार कर सकते थे लेकिन उसमें बाधा आ गयी। निश्चय ही उस किताब की पहली चर्चा और उससे उठे प्रश्नों को विश्लेषित करनेवाले वे पहले व्यक्ति होते। प्रशान्त वर्मा जानते थे कि आगामी दो-तीन वर्षों तक के लिए एक गम्भीर विमर्श की सारी तैयारी का पटरा बैठ गया है। उनके मन में यह भय भी था कि अपने गम्भीर स्वभाव के कारण डॉ. सुनीति कुमार ने उनसे कुछ कहा नहीं था पर यदि वे ज़्यादा नाराज़ हो गये तो प्रशान्त घाटे में रहेंगे। डॉ. सुनीति कुमार यानी तरक़्क़ी का गेटवे।

कौन जानता था कि प्रशान्त वर्मा की असावधानी एक गम्भीर मोड़ ले लेगी। न उनकी भेंट बी.आर. कोइतोर से होती और न यह सब घटित होता। अपने फ्रेंड, फिलॉसफर और गाइड डॉ. सुनीति कुमार द्वारा अपनाई जानेवाली नीति का मर्म उन्हें अब समझ में आ रहा है। वैसे सच्चे अनुगामी की तरह वे स्वयं इस सूत्र का पालन करते हैं कि किसी से प्रभावित मत हो। यदि होते हो तो ज़ाहिर मत करो और न ही जिज्ञासा दिखलाओ।

बलवीर जी ने तीन सप्ताह पहले कथा-साहित्य पर जो गोष्ठी की थी उसमें बी.आर. कोइतोर शामिल हुआ था। प्रशान्त वर्मा ने सुन रखा था कि पिछले दिनों जो कथाकार चर्चित हुए हैं, उनमें कोइतोर की ओर लोगों का ध्यान इसलिए आकृष्ट हुआ क्योंकि उसकी रचनाओं में एक विशेष प्रकार की आदिवासी गन्ध है। उसके दोनों संकलनों पर छोटी पत्रिकाओं में चर्चा हुई थी। वह सतह पर कहीं नहीं था पर अन्तर्धारा की तरह हर जगह मौजूद था। बलवीर जी के संयोजकत्व में, राजधानी की प्रसिद्ध पत्रिका द्वारा आयोजित परिसंवाद में कोइतोर का उपस्थित रहना इसका प्रमाण था। पटना, भोपाल तक के लेखकों को तो बुलाया जा सकता है पर बस्तर अंचल में जगदलपुर से भी और दक्षिण में रहनेवाले लेखक की दिल्ली में कहाँ रसाई! पर बलवीर जी इस मामले में उदार और ईमानदार रहे हैं। लेखिकाओं का मामला होने पर उनकी उदारता बढ़ जाती है और ईमानदारी उसी अनुपात में घट जाती है।

परिसंवाद के दौरान, दो गोष्ठियों के अन्तराल में लाउंज में चाय पीते समय कोइतोर दिल्ली के प्रसिद्ध पत्रकार श्रीवास्तव से फर्राटेदार अँग्रेजी में बहस कर रहा था। उत्तर आधुनिकता के एक लक्षण अन्त:स्फोट पर बौद्रीआ के लेख 'द मासेज : द इम्प्लोजन ऑफ द सोशल इन द मीडिया' पर विश्वसनीयता और आत्मविश्वास से बातें कर रहा था। उन दोनों के आसपास जिज्ञासु एकत्रित थे। हिन्दी लेखक की खूँखार अँग्रेजी हमेशा प्रभाव डालती है। प्रशान्त वर्मा बिना उत्सुकता दिखलाए प्रभावित हुए थे और उन्होंने मन-ही-मन तय किया था कि कोइतोर की दोनों किताबों की वे समीक्षा करेंगे। वैसे भी चमकती हुई काली त्वचा, झक्क सफ़ेद आँखें, निकलते हुए क़द और कसे हुए शरीरवाला लगभग चालीस की उम्रवाला कोइतोर उन्हें वेस्टइंडीज के क्रिकेट खिलाड़ी ब्रायन लारा जैसा स्मार्ट लगा था, दूसरे लेखकों से थोड़ा भिन्न। सेमीनार की अन्तिम गोष्ठी के बाद प्रशान्त वर्मा कोइतोर के साथ ही हॉल से बाहर आये। सहज दिखलाई देते हुए उन्होंने अपना परिचय दिया तो कोइतोर ने विनम्रता से कहा—"मैं आपको अच्छी तरह जानता हूँ। मैंने आपके कई लेख पढ़े हैं और आपकी किताब भी।"

"अच्छा!" प्रशान्त वर्मा प्रसन्न हुए और उससे भी ज़्यादा चकित। "आपने किताब रायपुर से ख़रीदी होगी।"

"जी नहीं, मैं किताबें सीधे प्रकाशक से मँगा लेता हूँ।"

प्रशान्त वर्मा फिर ज़ाहिर किए बिना प्रभावित हुए और बोले—"मैंने आपकी कुछ चीज़ें पढ़ी हैं। आपके संकलन मिल जाएँ तो मैं उन पर लिखना भी चाहूँगा। वैसे आप कहाँ रहते हैं?"

कोइतोर कुछ क्षणों तक असमंजस में रहा फिर बोला—"मैं बस्तर का रहनेवाला हूँ। जगदलपुर से लगभग डेढ़ सौ किलोमीटर दक्षिण-पश्चिम में गंगालूर के पास एक गाँव का हूँ मैं। वैसे अभी मैं दन्तेवाड़ा में रहता हूँ। एकदम जंगल के बीच का रहनेवाला समझिए मुझे।"

"अच्छा! क्या वहाँ अब भी जंगली जानवर हैं?" प्रशान्त वर्मा ने उत्सुकता दिखलाई।

"अब तो कम हैं पर बचपन की याद है मुझे। कभी हमारी झोपड़ी के पास मुर्गी के दड़बे के क़रीब यदि चीता आ जाता था तो हमारी दादी उसे डंडे से उसी तरह भगाती थी जैसे आप लोग-कुत्ते बिल्ली को भगाते हैं।"

"आपसे बातें करना बहुत दिलचस्प होगा।" प्रशान्त वर्मा ने कहा—"कहाँ रुके हैं आप?"

"मैं पहाड़गंज के होटल सिराज में ठहरा हूँ। आप आइए, मेरे साथ ही आज की शाम बिताइए। बातें दिलचस्प हों या न हों पर यदि आप महुआ की विशुद्ध शराब

पीने में दिलचस्पी रखते हों तो मुझे अतिथि-सत्कार का मौक़ा दें। मैं यहाँ के मित्रों को चखाने के लिए ही ख़ास तौर पर दो बोतलें लाया हूँ।'' कोइतोर ने सीधे और साफ़ ढंग से कहा।

''भाई, हमें मत छोड़ दीजिएगा।'' किसी ने उसके कन्धे पर पीछे से हाथ रखा। ए गोष्ठी में शामिल पत्रकार श्रीवास्तव और ललित निबन्ध लेखक अंशुल गुप्ता थे, ''मुझे एक लेखक मित्र ने बतलाया था कि महुआ का स्वाद शैम्पेन जैसा लगता है।''

''हाँ, स्वाद शैम्पेन जैसा पर असर उससे बढ़कर,'' कोइतोर के ओठों पर मुस्कान फैल गयी। ''आइए चलें।''

जब वे होटल रवाना हुए तो एक बड़े लिफाफे के भीतर रैपर में लिपटी हुई किताब प्रशान्त वर्मा के हाथ में थी जिसे वे उसी दिन डॉ. सुनीति कुमार से तीन दिनों के लिए माँग कर पढ़ने के लिए लाए थे।

पहाड़गंज के होटल सिराज के कमरा नं. 204 में सेंटर टेबल पर नमकीन और सलाद की प्लेटें सजाने के बाद कोइतोर ने अपने मेहमानों के गिलासों में शराब डालते हुए कहा—''यह देशी शराब भट्टी में बिकनेवाली शराब नहीं है। यह हाथ की उतारी विशुद्ध शराब है जिसे आदिवासी खुद बनाते हैं। जब यह एकदम ताज़ी गर्म-गर्म रहती है तब तो इसका मज़ा ही कुछ और है। मैंने इसमें थोड़ा-सा प्रिजर्वर भर मिला दिया है। लीजिए, उठाइए गिलास। पहला घूँट कुछ अजीब-सा लग सकता है पर फिर भी तथाकथित विदेशी शराब से बेहतर ही होगा। चियर्स।''

''मैंने बस्तर की एक और शराब 'सल्फी' के बारे में सुना है।'' श्रीवास्तव ने एक बड़ा घूँट भरकर कहा—''हूँहूऽऽऽ...गुड टेस्ट।''

''सल्फी शराब नहीं है श्रीवास्तव जी। सल्फी एक क़िस्म की ताड़ी है। सल्फी नाम के पेड़ का रस। सूर्योदय से पहले पियें तो एक स्वास्थ्यवर्धक पेय। शाम को पियें तो तेज़ नशा। हमारे यहाँ चावल से भी एक नशीला पेय बनता है जिसे लांदा कहते हैं।''

''एक बात कहें आप से...'' प्रशान्त वर्मा कुछ ठहर कर बोले—''आपका नाम काफ़ी लम्बा है—बी.आर.कोइतोर।''

''आप बी.आर. कहें या केवल कोइतोर।''

''हाँ, ए ठीक रहेगा।'' प्रशान्त घूँट भरकर बोले—''वैसे आपका सरनेम मेरे लिए एकदम नया है।''

''दरअसल यह सरनेम ना होकर दक्षिण बस्तर में निवास करनेवाली जनजाति की उपशाखा है। इसके कई गोत्र हैं और सभी के अलग-अलग टोटेमिक चिन्ह हैं। मैं उइके गोत्र का हूँ और नाम है बन्नू राम।'' कोइतोर ने मुस्कुराते हुए बात शुरू की

और फिर ज़ोर से हँसा—"स्नॉबरी केवल दिल्लीवालों की जागीर नहीं है। मैंने सोचा सरनेम या गोत्र के बदले अपनी जातीय पहचान रखूँ। अब देखिए क्या ज़ोरदार नाम बना है बी.आर. कोइतोर या कोयतोर।"

मज़ा लेते हुए श्रीवास्तव ने अंशुल गुप्ता की ओर देखा..."इंटरेस्टिंग, तो आप मुरिया माड़िया हैं।"

"रियली इंटरेस्टिंग..." कोइतोर खुलकर हँसा..."अंशुल जी मुरिया अलग होते हैं और माड़िया अलग।" कोइतोर ने तीन बड़े घूँटों में पैग खत्म करके गिलास रखते हुए कहा—"हमारे बुजुर्ग बतलाते हैं कि पहले के समय हमें कोयतोर ही कहा जाता था पर अब हमें इस नाम से कोई सम्बोधित नहीं करता। सरकारी और गैरसरकारी लोग ही हमारा नाम तय करते हैं—मनमाने ढंग से। लोग हमें गोंड़ कहने लगे फिर माड़िया कहने लगे। आप जानते हैं कि बस्तर में बाहर से आए लोग हमें 'मामा' कहते हैं। सोचिए...भला।"

'मामा!' तीनों ने मुस्कुराते हुए आश्चर्य व्यक्त किया।

"हाँ, आप जगदलपुर से दक्षिण की ओर चलिए तो जैसे ही तीर-कमान और टँगिया लिए हुए आदिवासी औरतें-आदमी दिखलाई देंगे, लोग कहेंगे देखो मामा-मामी"

"आप बुरा न मानें कोइतोर...डोंट टेक इट अदरवाइज़। अब तक तो वह इलाक़ा काफ़ी तरक़्क़ी कर गया होगा। आपको देखकर तो यही लगता है। आइ मीन टू से..."

"हमारे यहाँ जो भी तरक़्क़ी हुई है उसे आप तरक़्क़ी कहेंगे या असन्तुलित और अन्धा विकास? आप यहाँ से राजधानी एक्सप्रेस या प्लेन में बैठकर रायपुर तक जाइए फिर आप बस में बैठकर गीदम तक चले जाइए। हमारे विकास की पोल खुल जाएगी। बचपन में मेरी एक बहन इसलिए मर गयी क्योंकि उसे मलेरिया का इलाज नहीं मिल सका। हमारे इलाक़े में अभी भी ऐसे सैकड़ों स्कूल हैं जहाँ शिक्षक पन्द्रह अगस्त और 26 जनवरी को दिखलाई देते हैं। होने को तो कम्बल में मखमली थिगड़े की तरह कहीं-कहीं शानदार विद्या परिसर भी हैं। आज भी हमारे लोगों के लिए तीर-कमान और कुल्हाड़ी जीवन की ज़रूरत है जबकि यहाँ शौक़ीन लोग ड्राइंग-रूम की सजावट के लिए उसका इस्तेमाल करते हैं। प्रशान्त जी, चीज़ों के इस्तेमाल के फ़र्क़ से ज़िन्दगी का फ़र्क़ भी समझ में आता है।"

"अब ऐसा है कोइतोर जी..." अंशुल जी की आवाज़ रपटने लगी थी, "...सूचना और सच के बीच भी तो अब...क्या कहते हैं वो...अन्तर हो गया है। पर आप जैसा जीता-जागता आदमी तो हमारे सामने है जो...क्या कहते हैं ग्रैंड एंड

गार्जियस..."

"हमारी ट्रेजेडी तो यही है अंशुल जी कि हमारा जीवन या तो पोस्टरनुमा विज्ञापन है या रहस्य। लोगों के लिए बस्तर यानी घोटुल, सल्फी, तीर-कमान लिए आदिवासी या फिर कुटुमसर की गुफाएँ और बैलाडीला आयरन प्रोजेक्ट," कोइतोर के ओंठ थोड़े वक्र हुए। उसने गिलास से बड़ा घूँट लिया और फिर हँसने लगा। "आपको एक मज़ेदार बात बतलाऊँ। जब मैं कॉलेज में पढ़ता था तब चंडीगढ़ से आए मेरे एक सहपाठी ने मुझसे कहा कि उसने किसी से यह सुना था कि बस्तर के घने जंगलों के बीच किसी बड़े तालाब में एक मत्स्य कन्या रहती है जिसका एक आदिवासी युवक से प्यार है और उससे मत्स्य कन्या को दो बच्चे भी हैं। मेरा वह दोस्त मत्स्य कन्या के अनिन्द्य सौन्दर्य और मनुष्य के साथ की जानेवाली उसकी कामक्रीड़ा की कल्पना से बेहद उत्तेजित था।"

"क्या सचमुच कहीं मत्स्य कन्या थी?" अंशुल जी ने पूछा तो कोइतोर ठठाकर हँसा। प्रशान्त जी और श्रीवास्तव ने भी मज़ा लिया। हँसते-हँसते कोइतोर अचानक गम्भीर होकर बोला—"प्रशान्त जी, मैं यह नहीं कहता कि विकास नहीं हुआ पर मुझे देखकर अन्दाज़ मत लगाइए। मेरे जैसे भाग्यशाली कितने लोग हैं? मेरे विषय में जानना चाहेंगे आप!"

सचमुच कोइतोर की तरक़्क़ी भाग्य का खेल थी वरना उसका बचपन अन्य आदिवासियों के बचपन से कुछ भिन्न नहीं था। जिस गाँव में वह पैदा हुआ था, वह दक्षिण बस्तर के किसी भी गाँव की तरह पेड़ों, झुरमुटों और पहाड़ की ओट में छिपा हुआ और कहीं-कहीं उनके बीच में झाँक ता-सा नज़र आता था।

बढ़ते हुए दूसरे बच्चों की तरह वह भी जंगल से लकड़ी लाता था और नदी से पीने का पानी। उसके यहाँ गोर्गा यानी सल्फी घर की ज़रूरत से ज़्यादा होता था इसलिए वह हफ्ते में दो बार नजदीक़ के बाज़ारों में उसे बेचने जाता था। अपनी मुर्गियों की वह देखभाल करता था और बकरियों को जंगल में चराता। साथियों के साथ वह तीर-कमान और गुलेल से शिकार करता। दोस्तों के बीच उसकी साख थी क्योंकि सबसे अच्छा निशाना उसी का था। पढ़ने की तीव्र इच्छा के बाद भी वह कभी-कभार ही स्कूल जा पाता था। उसके माँ-बाप चाहते तो थे कि वह पढ़े पर यह भी कहते थे कि जब तुम्हारे मास्टर ही नहीं आते तो अच्छा यह कि घर पर कामकाज ही करो।

यह तो स्वीडिश क्रिश्चियन मिशन के फादर राबर्ट की कृपा थी कि वह कहाँ से कहाँ पहुँच गया और वह भी बिना धर्म-परिवर्तन किये! फादर राबर्ट का अस्पताल उस इलाक़े में आदिवासियों के बीच सेवा कार्य करता था। अपनी

एम्बुलेंस में वे धूलभरी कच्ची सड़कों से होते हुए छोटे-छोटे गाँवों तक पहुँच जाते थे। उन्हें हर कोई जानता था और लोग उन्हें डॉक्टर बाबा कहते थे। कोइतोर से उनकी भेंट संयोगवश हुई थी।

वे सितम्बर के दिन थे। बारिश खत्म हो गयी थी। गझिन जंगल में खूब हरियाली छाई हुई थी। साल के ऊँचे वृक्षों पर पक्षियों का कलरव और बन्दरों की किच-किच थी। गाँव के पास बहती नदी का पानी एकदम साफ-सुथरा हो गया था और उसमें तैरती मछलियाँ साफ़ नज़र आतीं। नदी के किनारे दूर-दूर तक कास के सफ़ेद फूल फूले हुए थे। उस दिन गाँव में इकमा पंडुम की हलचल थी जो आदिवासियों में मनाया जानेवाला नवाखानी का पर्व है। पहली फ़सल की खुशी में सब्जी-भाजी के साथ बनाए गटका को खाकर और भरपेट लांदा और एरूकल पीकर लोग मस्त थे। स्कूल के मास्टर जी आज गाँव में थे और पर्व में गाँववालों के साथ शरीक थे।

बन्नूराम ने दोस्तों के साथ सबेरे शिकार किया था। दो हरियल और एक खरगोश को उन्होंने मार गिराया था। नदी के किनारे ही उन्हें भूनकर खाया था इसलिए गटका के दो-चार कौर खाकर वह घर के सामने सल्फी के पेड़ के पास बैठकर अपनी किताब पलट रहा था। उसे उम्मीद थी कि उसके मास्टर उसे ज़रूर देख लेंगे और खुश होंगे। मास्टर तो महुआ में इस क़दर मत्त थे कि उसे नहीं देख पाए लेकिन अपनी एम्बुलेंस लेकर गाँव आए फादर राबर्ट की निगाह उस पर पड़ गयी थी। इलाक़े के जीवन की गहरी जानकारी रखनेवाले फादर राबर्ट ने जब देखा कि गाँव में इकमा पंडुम मनाया जा रहा है तो वे लौट गये पर जाने के पहले उन्होंने बन्नूराम से पूछा था-"क्यों बच्चे, तुम पढ़ना चाहते हो?"

"हाँ, खूब पढ़ना चाहता हूँ।" बन्नूराम ने कहा था।

फादर राबर्ट तीन दिनों के बाद फिर आए थे और उन्होंने उसके माँ-बाप को समझाया कि वे लड़के को उनके साथ भेज दें। उन्होंने वादा किया कि वे लड़के को पढ़ाएँगे-लिखाएँगे। लड़का थोड़ी देर उनके अस्पताल में काम करेगा और उसका धर्म-परिवर्तन तभी किया जाएगा जब उसके माँ-बाप चाहेंगे। कॉन्वेंट स्कूल में पढ़कर और फिर कॉलेज की शिक्षा पूरी करते-करते बन्नूराम के ऊपरी आवरण को तोड़कर एक नया आदमी निक़ल आया—बी.आर. कोइतोर। फादर के साथ उसने दो बार यूरोप की यात्रा की। पाँच साल कॉलेज की प्रोफ़ेसरी की और फिर अपना खुद का छोटा-सा व्यवसाय शुरू किया जिसमें उसे सफलता मिली। जब तक फादर राबर्ट ज़िन्दा रहे, उसे याद दिलाते रहे कि वह कभी न भूले कि वह कौन है और उसकी जड़ें कहाँ हैं।

"...तो आप यूरोप घूम चुके हैं। तभी आप इतनी शानदार अँग्रेजी बोलते हैं।" श्रीवास्तव के चेहरे पर कोइतोर के लिए एक नए क़िस्म का सम्मान-भाव उभरा।

"क्या इससे मैं अधिक प्रतिभाशाली समझा जाने लायक़ हो गया?" कोइतोर ने व्यंग्य-भाव से कहा—"सच तो यह है श्रीवास्तव जी कि हम यूरोप और अमरीका की वैचारिक जूठन उठानेवाले लोग हैं। जी हाँ, आर्थिक नीति-भर नहीं, साहित्यालोचना और संस्कृतिबोध में भी। हमारे बीच ऐसे कई लोग हैं जो उन मुद्दों पर बहस करते हैं जिन पर बरसों पहले यूरोप में बहस होती थी। कभी साहित्य की स्वायत्तता, कभी उत्तर-आधुनिकता कभी कुछ और। बहस भी ऐसी हिन्दी में जो अँग्रेजी का अनुवाद लगती है। हमने तो अपने जातीय जुमलों तक से किनाराकशी कर ली है।"

"लगता है आप काफ़ी नाराज़ हैं हम जैसे लोगों से। पर कोइतोर, इससे तो कोई इंकार नहीं कर सकता कि अब समस्याएँ वैश्विक हैं।" प्रशान्त के स्वर में भी व्यंग्य था।

"बेशक, मैं भी मानता हूँ पर हमारे वैश्विक में कहाँ है नाइजीरिया, म्याँमार, चीन, अलास्का, पेरू और कहाँ है झाबुआ और अबूझमाड़। हमारा भूमंडलीकरण तो अमीर देशों को अपना दिमाग़ बेचने का नाम है। राजनीति में अपने स्वावलम्बन को नष्ट करनेवाला वित्तमन्त्री हमें महान दिखलाई देता है और साहित्य में ऐसे लेख हमें स्थूल नज़र आते हैं जो संघर्ष करनेवाले मानव-समूहों को रचना के केन्द्र में रखते हैं। पश्चिमी जुमलों से हमारी ज़िन्दगी को विश्लेषित करनेवाले हमें गूढ़ दार्शनिक लगते हैं। मुझे माफ करें पर इस सेमीनार में आपमें से अधिकांश यह ज़ाहिर करने की कोशिश में थे कि नया से नए सन्दर्भ ग्रन्थ को आपने पढ़ा है। यहाँ ज़िन्दगी की नहीं बल्कि नयी किताबों की चर्चा ज़्यादा हुई है।"

एकदम सन्नाटा छा गया। सभी के गिलास खाली हो चुके थे। किसी ने गहरी साँस लेकर बदन तोड़ा। अंशुल गुप्ता घड़ी देखकर बुदबुदाए..."ग्यारह...बज गये।...चला जाए।"

"मैंने बातों में ध्यान नहीं दिया कि आप लोगों के गिलास खाली हैं। अभी तो ये दूसरी बोतल ज्यों की त्यों रखी है।"

"नहीं...नहीं...कोइतोर..." प्रशान्त वर्मा ने कहा, "जितनी पी है उतने में ही दिल्ली की ठंड परास्त हो गयी है और..."

"दिमाग़ साला टुन्न हो गया।" अंशुल जी लड़खड़ाते हुए-से उठे फिर सँभलकर बोले—"बहुत आनन्द आया कोइतोर...सचमुच आपसे मिलकर बहुत

अच्छा लगा। अब...अब इजाज़त दें। अबकी जब दिल्ली आएँ तो होस्ट बनने का मौक़ा मुझे दें।''

सभी उठ खड़े हुए। कमरे के दरवाज़े पर सबसे हाथ मिलाते हुए कोइतोर ने कहा, ''माफ कीजिएगा यदि कुछ ऐसा-वैसा कह गया हूँ तो...बक रहा हूँ जुनूँ में क्या-क्या कुछ। वो यूँ है कि जाति-गुण बाक़ी हैं अभी भी मुझमें। हम लोग संवेदनशील और कुछ ज़िद्दी होते हैं। कभी उधर आएँ तो खबर दें, आपको बस्तर घुमाऊँगा। अंशुल जी, कौन जाने आपको देखकर मत्स्य कन्या पानी से बाहर आ जाए।''

हँसते हुए लोग विदा हो गये।

बाथरूम जाकर और कपड़े बदलकर जब कोइतोर सोने की तैयारी में था तब उसने पलंग पर बड़ा-सा लिफाफा देखा। लिफाफे के भीतर किताब थी। लिलाक रंग के कवरवाली किताब बेहद खूबसूरत थी। लेखक था पॉल मालरो। किताब को तुरन्त वापस करने का कोई उपाय नहीं था और कोइतोर को दूसरे दिन सुबह पाँच बजे की गाड़ी पकड़नी थी।

उसी रात उसने किताब पढ़नी शुरू कर दी।

ट्रेन में सारे दिन और रात ग्यारह बजे तक का अधिकांश समय कोइतोर ने पॉल मालरो की किताब पढ़ने में बिताया। लगभग पन्द्रह दिनों के बाद उसने इंश्योर्ड पार्सल से किताब प्रशान्त वर्मा के पते पर वापस कर दी।

प्रशान्त वर्मा की जान में जान आयी और उन्होंने ढेर-सी माफ़ी माँगते हुए किताब डॉ. सुनीति कुमार को लौटा दी। किताब के खो जाने की सूचना देकर एक लताड़ वे खा चुके थे। प्रशान्त जानते थे कि डॉ. सुनीति कुमार पहली फुर्सत में इस किताब को पढ़कर कुछ महत्त्वपूर्ण लिखेंगे। गम्भीर चर्चा के नए सूत्र विकसित होंगे। एक ताज़ी बयार बहेगी।

...पर हफ्ते-भर बाद ही उन पर जैसे गाज गिरी।

बी.आर. कोइतोर ने किताब पर हिन्दी और अँग्रेजी में लेख लिख मारे। अँग्रेजी के लेख को राजधानी के प्रसिद्ध अँग्रेजी पत्र ने महत्त्व देते हुए प्रकाशित किया था। उसमें किताब का परिचय भर नहीं था बल्कि उसमें विषयवस्तु का विस्तृत और गम्भीर विश्लेषण था। कोइतोर मालरो के श्रम से प्रभावित हुआ था पर उसने यह भी कहा कि लेखक की नीयत साफ़ नहीं है और उसका नज़रिया व्यावसायिक है। मालरो के सेक्स सन्बन्धी विचारों और काम भावना की कलाओं से रिश्ते की बाबत उसकी अवधारणाओं की खिल्ली उड़ाते हुए उसने उनकी धज्जियाँ उड़ा दीं और कहा कि जिन जुमलों को मालरो आधुनिकता की चाशनी में पागकर पेश कर रहा है,

उनमें से कई तो आदिवासी समाजों में प्रचलित रहे हैं लेकिन वे भी समय के बदलाव के साथ उनमें से कुछ को छोड़ चुके हैं। मालरो आधुनिक विश्व की बात करते हुए यह भूल गया कि दुनिया अभी भी कई सदियों को एक साथ जी रही है। स्थिति की विडम्बना यह है कि अभी भी तीर-कमान लेकर चलनेवाले मानव-समूह में स्त्री-पुरुष के सन्बन्ध अधिक सन्तुलित और ईमानदार हैं। मालरो स्त्री और पुरुष को त्वचा के रंग और शरीर के अनुपात में देख रहा है जो विशुद्ध रीतिवादी नज़रिया है। उसने यह भी व्यंग्य किया कि महानगरों के लेखकों-आलोचकों का एक ख़ास वर्ग भले ही इस किताब को महत्त्वपूर्ण मान ले पर वास्तव में यह एक साधारण रचना है। हर नयी चीज़ को आधुनिक मान लेनेवाले बुद्धिजीवी इस पर मनोरंजक चर्चा भले ही चला लें पर यह सतही विचारों का ग्रन्थ है।

प्रशान्त वर्मा का मन ग्लानि और अपराधबोध से भरा हुआ था। वे समझ रहे थे कि उनकी गलती से साहित्य और संस्कृति का नुकसान हो गया है। यदि किताब न गुमी होती और उस पर डॉ. सुनीति कुमार ने चर्चा की शुरुआत की होती तो उसमें कलात्मक बारीकियाँ होतीं। रात को प्रशान्त वर्मा डॉ. सुनीति कुमार के यहाँ पहुँचे। वे अपनी स्टडी में एक ईज़ीचेयर पर निढाल-से बैठे थे। उनका चेहरा मलिन हो गया था जैसे सात घोड़ों की वल्गाएँ थामनेवाले आदित्य का बदली छा जाने पर हो जाता है। उनकी बगल की टेबल पर अखबार रखे हुए थे और सामने सेंटर टेबल पर व्हिस्की का गिलास। उन्होंने बैठे-बैठे ही कहा—''आओ प्रशान्त, अलमारी से बोतल और गिलास निकाल लो।''

अपना पैग बनाकर प्रशान्त वर्मा ने दाएँ हाथ की अनामिका गिलास में डुबोकर कुछ बूँदें डॉ. सुनीति कुमार के चरणों पर छिड़क दीं। इस कर्मकांड का पालन वे अनिवार्यत: किया करते हैं।

''तुमने बी.आर. कोइतोर का लेख पढ़ा?'' डॉ. सुनीतिकुमार के ओंठों पर उदास मुस्कुराहट थी।

''जी पढ़ा। मुझे अपनी गलती की गम्भीरता अब ज़्यादा कचोट रही है।'' प्रशान्त धीमे स्वर में बोले।

''एक वैश्विक प्रश्न को इस लेखक ने किस क़दर आंचलिक नज़रिए से देखा है जबकि इस किताब के कई बारीक पहलू विचारणीय हैं।'' डॉ. सुनीति कुमार कुर्सी के हत्थे पर हाथ फिराते हुए बोले।

''वैसे डॉक्टर साहब, आप जब भी इस पर कुछ लिखेंगे तो नए सिरे से बहस छिड़ेगी ही।''

डॉ. सुनीति कुमार ने अपने दाएँ गाल को सहलाते हुए धीरे से कहा—

"हाँ...देखो...वैसे कलात्मकता के अवमूल्यन का समय है यह।"

उनके गहरे अवसाद को देखकर प्रशान्त वर्मा ने रात वहीं रुकने का फैसला किया। अपने घर पर उन्होंने फोन से सूचना दे दी। वे सारी रात डॉ. सुनीति कुमार के साथ बैठकर पीते रहे। वे पूरी तरह सजग थे। उन्हें मालूम था कि हेमिंग्वे और मोपासां ने आत्महत्या की थी।

●

ध्वजारोहण

जब मामला स्वाधीनता दिवस से जुड़ा हुआ हो तो पहले जय हिन्द कहना उचित है। और वह भी लगभग जय हिन्द ना होकर गाँटी जय हिन्द होना चाहिए। तो, भाई साहब जय हिन्द।

जो कहानी मैं सुनाने जा रहा हूँ वह न तो सत्य है और न ही कल्पना। वैसे भी हमारे इतिहास के सर्वाधिक चर्चित सत्यवादियों में से एक धर्मराज युधिष्ठिर ने नरो वा कुंज़रो जैसे भ्रामक कथन की परिपाटी चलाकर हम धर्मप्रेमी भारतीयों को बड़ी सुविधा प्रदान की है। इस गल्प में एक बात अवश्य सत्य है और वह यह कि इसके सभी पात्र समझदार हैं जो विभिन्न रूपों तथा गतियों में घटित होनेवाले इतिहास में अपनी भूमिका का निर्वाह कर रहे हैं। अन्य सूचनाएँ निम्नानुसार हैं-

घटनास्थल—दुर्ग-बालौद रोड पर स्थित नगर या आपका अपना ही शहर

दिनांक—पन्द्रह अगस्त

वर्ष—इक्कीसवीं सदी का कोई वर्ष

समय—सुबह लगभग साढ़े सात बजे

प्राचीन काल के भगवान भुवन भास्कर यानी कलयुग के समय के सूर्य का उदय हो चुका था। आकाश पर बादल छाए हुए थे और उनकी आँख-मिचौनी सूर्य के साथ जारी थी। लोगों का अनुमान था कि आज बारिश स्वाधीनता दिवस के कार्यक्रम को बख्श देखी। कल तक तो रह-रहकर वर्षा होती रही थी।

सुबह साढ़े छह बजे से ही राष्ट्रभक्ति के गीत ध्वनि-प्रदूषण बढ़ाने में अपना विनम्र योगदान दे रहे थे। साल-भर भाँय-भाँय बजनेवाले कुछ गीतों की एक पद्धति नगर ने विकसित की है जिसका पालन कर्मकांड की तरह होता है। पन्द्रह अगस्त और छब्बीस जनवरी को 'दे दी हमें आज़ादी बिना खड्ग बिना ढाल', 'अपनी आज़ादी को हम हरगिज़ मिटा सकते नहीं' और 'कर चले हम फ़िदा जान ओ तन साथियो' का मार्केट होता है। आज चारों दिशाएँ इन गीतों से ठसाठस भरी हुई थीं। कुछ फिल्मी गीत नगर में शादियों के समय ख़ास तौर पर आदर-सम्मान पाते हैं।

जब बरातें निकलती हैं और सड़कों पर घनघोर नाच होता है तब बाजेवालों से दो गाने बजाने की फ़रमाइश बार-बार होती है। 'ये देश है वीर जवानों का' गीत की धुन बरात में वीररस का संचार करती है। वीरों के अलावा अलबेले और मस्ताने भी धमाचौकड़ी मचा देते हैं। दूसरी फ़रमाइश नागिन फिल्म की धुन की होती है। देश के वीर जवानों ने बरात में नाचने के लिए इस सर्पीली धुन को क्यों चुना है यह अभी तक रहस्य है। आज इस धुन को उसी तरह आराम दिया गया था जैसे कभी-कभी क्रिकेट मैच में सीनियर खिलाड़ी को दिया जाता है। 'देश है वीर जवानों'वाला गीत आज भी जल्वा खींचे हुए था।

कुछ दिनों पूर्व नगर के सरकारी स्कूल की कक्षा सातवीं के शिक्षक ने विद्यार्थियों को निबन्ध लिखने के लिए विषय दिया था—स्वाधीनता दिवस। कक्षा के सबसे होनहार छात्र ने जो निबन्ध लिखा था उसका एक अंश यह है—

'स्वाधीनता दिवस पन्द्रह अगस्त को कहते हैं। इस दिन हमारा देश आज़ाद हुआ था। उसी दिन मेरा छोटा भाई भी पैदा हुआ था। पन्द्रह अगस्त के दिन सभी जगहों पर झंडा फहराया जाता है। मेरा छोटा भाई समझता है कि पब्लिक उसका बर्थ डे मनाती है। झंडे के गोल चबूतरे को चूने से पोता जाता है। चबूतरा न हो तो झंडे के रॉड को ज़मीन में गाड़ देते हैं और उसके चारों तरफ़ सफाई करके चूने से गोला खींच देते हैं। कोई नेता आकर झंडा फहराता है। कभी-कभी इस बात के लिए झगड़ा हो जाता है कि झंडा कौन फहराएगा। पिछले साल हमारे मुहल्ले के दो पार्षद पटकी-पटका हो गये थे। एक का हाथ टूट गया था। झंडा फहराने के बाद नेता भाषण देते हैं। विद्यार्थी भाषण से बोर होते हैं इसलिए उनको बूँदी के लड्डू खिलाए जातें हैं। लड्डू खराब रहते हैं। एक बार लड्डू खाकर चार विद्यार्थी बीमार हो गये थे। पन्द्रह अगस्त छुट्टी का दिन है लेकिन हमको ताली बजाने के लिए स्कूल जाना पड़ता है।'

तो, जैसा कि बच्चे ने लिखा था—स्वाधीनता दिवस पर होनेवाले आयोजन की तैयारियाँ एक हफ्ते पहले शुरू हो गयी थीं। राजस्व विभाग के एस.डी.ओ. ने ब्लॉक स्तर पर कार्यक्रम को सफल बनाने के लिए सभी विभागों के प्रमुखों की मीटिंग बुला ली थी। एस.डी.ओ. विश्वकर्मा अपने को एस.डी.एम. कहलाना अधिक पसन्द करते हैं क्योंकि मजिस्ट्रेट के रूप में उनके स्टेटस और अधिकारों में इज़ाफ़ा हो जाता है। जब से सरकार बदली है एस.डी.एम. साहब शुद्ध हिन्दी बोलने की भीषण कोशिश करते हैं और सफल होने पर गदगद होते हैं। यह बात भिन्न है कि वे शिक्षा को सिकछा और सड़क को शड़क कहते हैं। आश्चर्यजनक रूप से वे लघुशंका शब्द का उच्चारण भर सही करते हैं। पीठ पीछे उनके सहयोगी कर्मचारी

उन्हें शंकाग्रस्त साहब कहते हैं। तो, मीटिंग में उन्होंने स्वाधीनता दिवस की रूपरेखा तय करते समय बतलाया था कि निर्देश ऊपर से आए हैं। बश, अपने को तो खाली स्थान भरना है। ध्वजारोहण जनपद पंचायत के अध्यक्ष को करना है अत: ध्वजदंड आदि की व्यवस्था तरीक़े से कर ली जाय आदि-आदि।

पुलिस विभाग और वन विभाग को भौतिक सुविधाओं का ख्याल रखना था और आध्यात्मिक तथा सांस्कृतिक आवश्यकताओं की पूर्ति की ज़िम्मेदारी सिकछा विभाग को शौंपी गयी थी। लड्डू वितरण व्यापारी संघ की ओर से होना तय था।

कार्यक्रम के संयोजक तहसीलदार वर्मा जी बनाए गये थे और मंच संचालन का भार महाविद्यालय के व्याख्याता सुधीर जैन को सौंपा गया जो नगर के संचालन विशेषज्ञ हैं। उनके पास सामनेवाले को हिलाकर रख देने के लायक़ कविताओं के टुकड़े, शेरो-शायरी और महापुरुषों के उद्धरण हैं। दोनों ने मिलकर अन्य लोगों को शराफ़त से धमकाकर और चेतावनी-भरे प्रेम से काम लेते हुए चौदह अगस्त की शाम तक व्यवस्थाएँ लगभग पूरी कर ली थीं।

पन्द्रह अगस्त के दिन केवल एक ज़रूरी काम रह गया था इसलिए वर्मा जी और सुधीर जैन आयोजन स्थल पर सुबह जल्दी पहुँच गये थे। दो चपरासी और सफाईकर्मी को भी बुलवा लिया गया था। मंच सज्जा तो एक दिन पहले ही हो गयी थी। एक बार और झाड़ू फेरकर कुर्सियों पर पोंछा मार दिया गया था। राष्ट्रध्वज में फूल बाँधकर और गाँठ लगाकर (एस.डी.एम. के शब्दों में) ध्वजदंड के ऊपरी छोर पर पहुँचा दिया गया था। सुधीर जैन ने साथ आए महाविद्यालय के चपरासी नामदेव को इस काम में खूब सावधानी बरतने के लिए कहा था। दो साल पहले मुख्य अतिथि के द्वारा कई झटके मारने पर भी रस्सी की गाँठ खुल नहीं पाई थी तो झंडे को उतारकर, दुबारा गाँठ बाँधकर ऊपर भेजा गया था। पब्लिक को तो इसी में सबसे ज़्यादा मज़ा आया था पर वन विभाग का क्लर्क सस्पेंड कर दिया गया था क्योंकि झंडे और डंडे की ज़िम्मेदारी उसकी थी।

झंडे के गोल चबूतरे के चारों ओर मुरम डालकर चूने का घेरा डाल दिया गया। मैदान पर बिखरी पालीथिन की थैलियाँ एक दिन पहले ही बीनकर फेंक दी गयी थीं। कुल मिलाकर मामला फिट था। एकदम चकाचक्क। स्वाभाविक था कि काम करनेवालों की आदतों ने अब ज़ोर मारा।

सफाईकर्मी को दारू की तलब हुई। वैसे भी उसके टाइम टेबल में पहला प्याला सुबह साढ़े सात बजे ही ज़रूरी होता है। तभी उसका मूड ठीक-ठाक रहता है। उसने मधुशाला की पंक्तियाँ याद कर रखी हैं लेकिन वह अक्सर एक लाइन से ही काम चला लेता है—'दिन में होली रात दिवाली रोज़ मनाती मधुशाला।' नगर में

उसकी यह अदा पसन्द की जाती है। लोग गम्भीरता से यह स्वीकार करते हैं कि इससे नगर के सांस्कृतिक स्तर में इज़ाफ़ा होता है।

सुधीर जी जब तक खैनीयुक्त पान गाल में नहीं दबा लेते तब तक, उन्हीं के शब्दों में, वे अपने को लल्लू महसूस करते हैं। तम्बाकू रगड़ते हुए वे दिन में एक बार एक दोहा ज़रूर बोलते हैं—

कृष्ण चले बैकुंठ को राधा पकड़ी बाँह
इंहा तम्बाकू खाय लो उँहा तम्बाकू नाय।

इस दोहे में इतनी ताक़त है कि इसे सुनकर उनके कुछ विद्यार्थी भी तम्बाकू सेवन करने लगे हैं। वे देश के उन साहसी लोगों में शामिल हो गये हैं जो तम्बाकू से जुड़े डरावने विज्ञापनों से भयभीत नहीं होते।

तहसीलदार साहब की आदत है कि वे सुबह उठते ही पाँच गिलास पानी पीते हैं और फिर हर आधे घंटे में एकाध गिलास पीते रहते हैं। इसे वे 'फजर के वाटर' का टेक्नीकल नाम देते हैं जिसमें छत्तीसगढ़ी और अँग्रेजी का शानदार समन्वय है। वे अपनी आंचलिक अस्मिता के अलावा अन्तर्राष्ट्रीयता के प्रति सजग हैं। उनका यह मानना है कि यदि देश में हिंगलिश स्वीकार कर ली गयी है और हालीवुड, बालीवुड की तर्ज़ पर छालीवुड शब्द गढ़े जा सकते हैं तो छत्तीलिश भाषा भी हो सकती है। तो, 'फजर के वाटर' के सेवन का नतीजा यह होता है कि साढ़े दस बजे तक उन्हें हर बीस मिनट में बाथरूम जाना पड़ता है। जब वे दौरे पर निकलते हैं तो सुनसान इलाक़ा देखते ही उन्हें सबै भूमि गोपाल की लगने लगती है। यहाँ, पन्द्रह अगस्त के दिन तो यह सुविधा थी कि मैदान से लगकर ही उनका ऑफिस था।

काम लाइन पर आते ही, सात बजकर बीस मिनट पर उन्हें लगा कि तनावमुक्ति का यह सुअवर है क्योंकि कार्यक्रम तो साढ़े आठ बजे होना था। तहसीलदार साहब, सुधीर जी और सफाईकर्मी अपनी ज़रूरतों के दबाव में तीन दिशाओं की ओर चले गये।

किसी का ध्यान चौथी दिशा की तरफ़ नहीं था। ज़रूरत भी नहीं थी।

खाली हो चुके मैदान के उस तरफ़ एक कुत्ता चहल-क़दमी कर रहा था। भिन्न-भिन्न कोणों से देखने पर अलग-अलग नस्ल का वारिस नज़र आता था। वह भारत सरकार के बजट जैसा था। न तो उसका रंग तय कर पाना आसान था और न ही यह समझ में आ रहा था कि उसे किस तरफ़ जाना है। कभी वह मस्तानी चाल से उत्तर की तरफ़ बढ़ता और पन्द्रह-बीस फुट तक चलकर खड़ा हो जाता। ज़मीन यूँ सूँघता जैसे ज़मीनी हक़ीक़त परख रहा हो फिर तुरन्त आसमान की ओर मुँह

उठाकर कुछ देखने लगता। फिर वह वापस दक्षिण दिशा की तरफ़ चल देता और जिस स्थान से चला था वहीं पहुँच जाता। दो बार उसने चक्राकार टहलान मारी और दूर चरती हुई भैंस को देखकर बेमन से दो बार भौंका। भौं-भौं की कड़क आवाज़ निकालने के बदले दयनीय-सी बुक-बुक आवाज़ निकालकर वह सन्तुष्ट हो गया।

कुत्ता समझदार था अतः जानता था कि खुली आवाज़ में भौंकने से कहीं ज़्यादा असरदार घुड़की होती है। वह स्वाधीनता दिवस की तारीख तो नहीं जानता था लेकिन वह समझता ज़रूर था कि आज़ादी-वाज़ादी से जुड़ा दिन है। उसने सात स्वाधीनता दिवस देखे थे। पिछली बार जब वह यहाँ आया था तब झंडा फहराया जा चुका था और बच्चों को लड्डू बाँटे जा रहे थे। वह उसी तरफ़ जाने की कोशिश कर रहा था कि किसी ने उसे हड़का दिया था और उसे वहाँ से भागना पड़ा था।

सात स्वाधीनता दिवस देखे कुत्ते ने आज अपने को सहज-सम्मानित महसूस किया क्योंकि अभी मैदान पर भीड़ नहीं जुटी थी। कुत्ता समझ गया कि आयोजन से पूर्व मंच के आसपास घूमने का यही समय है। वह लुहँगी चाल से चलता हुआ मंच के क़रीब पहुँचा। उसने सिर उठाकर डंडे के ऊपरी छोर पर बँधे झंडे को देखा फिर ध्वजदंड का ऊपर से नीचे तक मुआयना करते हुए झंडा लगाने के लिए बने गोलाकार चबूतरे के आसपास के सुन्दर स्थल को देख़ा। देखते ही उसे याद आ गया कि वह दिव्य निपटान के लिए उपयुक्त स्थान की तलाश में भी था। उसे मनुष्यों की इस आदत से सख्त नफ़रत है कि वे कहीं भी शौच के लिए उकड़ूँ बैठ जाते हैं (शौच शब्द उसने बरेठ पारा के कृष्ण मन्दिर के ढेरवा पंडित से सुना था।) लोग स्कूल की बाउंड्रीवाल, सब्ज़ी बाज़ार के चबूतरों के बीच, तालाब के किनारे मैदान के बीचोबीच, और तो और मन्दिर के रास्ते के दोनों तरफ़-यानी कहीं भी लोटा लेकर आसन् जमा लेते हैं। अपनी नस्ल पर उसे घमंड है कि श्वान माता सरमा के वंशज, इतिहास के हर काल में काफ़ी सूँघ-साँघकर, गोल चक्कर काटकर स्थान का चयन करते हैं।

सुन्दर स्थल होने के बावजूद उसने ध्वजदंड के चबूतरे का एक चक्कर लगाया। अपने कर्मकांड का पालन करते हुए उसे सूँघा-साँघा। दूर कहीं बजते हुए गाने 'अपनी आज़ादी को हम हरगिज़ भुला सकते नहीं' को सुनते हुए परम-सुख प्राप्ति की क्रिया को सम्पन्न किया। तब ठीक साढ़े सात बजे थे। फिर वह चूने की चक्राकार लाइन के बाहर आया, पलटकर उसने अपने रचना-कौशल को देखा और अनुभव किया कि वह आज़ाद है। इसके बाद वह लुहँगी चाल से अपने प्रिय स्थान बरेठ पारा के बिदेस होटल की ओर चला गया जहाँ नगर पंचायत का चपरासी ब्रजलाल उसे रोज़ एक ब्रेड पकोड़ा खिलाता है।

तहसीलदार साहब और सुधीर जी तनावमुक्त होकर एक साथ मंच के पास पहुँचे। उसी समय शाला का चपरासी फूल-मालाएँ और गुलदस्ते लेकर आया। ध्वजदंड के चबूतरे के पास का नज़ारा सबसे पहले उसी ने देखा। देखते ही वह चिल्लाया-''सर...सर इधर तो देखिए।''

तहसीलदार और सुधीर जी ने देखा और घबरा गये। जब उन्होंने अपने माथे पर हाथ मारा तब सात बजकर पैंतीस मिनट हुए थे।

तहसीलदार साहब ज़ोर से चिल्लाए-''अरे उसको बुलाओ। क्या कहते हैं उसको...यानी सफाईकर्मी को बुलाओ।''

''कुछ देर पहले तक तो यहीं था'', सुधीर जी बोले-''अरे भाई, देखो ज़रा।''

चपरासी ने फूलमालाओं को टेबल पर रखते हुए कहा—''सर आज तो दारूभट्टी बन्द है। वो कहीं और बैठा होगा। यदि वह पौवा चढ़ा लेगा तब तो प्रधानमन्त्री के बुलाने पर भी नहीं आएगा। मैं खोजता हूँ उसे।''

तहसीलदार साहब की गाड़ी, सफाईकर्मी के बिना जब लौटकर आयी तब आठ बजने में नौ मिनट बाक़ी थे। माहौल में दहशत छा गयी। अब तक कुछ लोग और आ गये थे और झंडे के चबूतरे को घेरकर अद्भुत दृश्य को देखकर हैरान थे। कुछ लोगों ने गन्ध से बचने का बहाना करते हुए, मुस्कान छिपाने के लिए मुँह-नाक पर रुमाल रख लिए थे। तहसीलदार साहब ने उन्हें झिड़कते हुए वहाँ से भगा दिया और सुधीर जी से बोले, ''यह तो बड़ी समस्या है भई। क्या करें? आधे घंटे में ही मुख्य अतिथि आ जाएँगे।''

कुछ देर सन्नाटा रहा फिर सुधीर जी बोले, ''अब किसी को क्या बोलें, ऐसा करें इसे मुरम या मिट्टी से पाट दिया जाय।''

''ये तो बड़ा अजीब दिखलाई देखा। कहीं मुख्य अतिथि ने वहाँ पाँव रख दिया तो...'' किसी ने अपनी राय व्यक्त की।

''सर, इस पर गोबर डाल देते हैं। उसे गोबरधन का रूप दे देते हैं। गोबर तो पवित्र होता है।'' शाला के चपरासी ने सलाह दी।

''...और उसके चारों तरफ़ बढ़िया रंगोली डाल दी जाय तो सब कुछ कलात्मक लगने लगेगा।'' डिप्टी रेंजर ने कहा।

''वाह! ये हुई न समझदारी की बात।'' तहसीलदार साहब बोले—''लेकिन इतनी जल्दी से सब कौन करेगा?''

''सर, मेरी लड़की सातवीं में पढ़ती है। वो बहुत बढ़िया रंगोली डालती है।'' चपरासी ने उत्साह से कहा—''मेरा घर तो पास में ही है। मैं पाँच मिनट में

टोकरी-भर गोबर, रंग और अपनी लड़की को ले आता हूँ।''

''फौरन...फ़ौरन जाओ।'' लोगों ने एक साथ कहा।

सरकारी गाड़ी में पहली बार चपरासी की लड़की बैठी और गोबर भी लाया गया। तभी एस.डी.एम. भी आ गये।

आठ बजकर पाँच मिनट पर, एस.डी.एम. साहब के शब्दों में 'स्वान उत्पात' के ऊपर आधी टोकरी गोबर डाला गया। अब सब कुछ पवित्र था और स्थिति लगभग नियन्त्रण में थी।

गोबर को गोवर्धन जैसा आकार दिया गया। चपरासी की लड़की होशियार थी। उसने मिनटों में ही सुन्दर रंगोली बना दी। एस.डी.एम. साहब और तहसीलदार साहब 'मुग्धकारी लोक कला' को देखकर गद्‌गद थे।

अब तक कई लोग आ गये थे। रहस्य की जानकारी जिन इन्तज़ाम अलियों को थी उन्हें कड़ाई से निर्देश दिए गये कि वे इस बाबत अपने मुँह बन्द रखेंगे। फिल्मी तर्ज़ पर कहें तो—गोबर के नीचे क्या है...गोबर के नीचे—यह किसी को भी पता नहीं था।

सुधीर जी ने माइक सँभाल लिया था। मंच के सामने विद्यार्थियों की क़तारें बनने लगी थीं और पंडाल के नीचे कुर्सियों पर भी लोग बैठने लगे थे।

आठ बजकर बीस मिनट पर ध्वजदंड के चबूतरे के पास रंगोली के खूबसूरत रंगों ने अपनी छटा बिखेर दी थी। मुख्य अतिथि का आगमन आठ बजकर तेईस मिनट पर हुआ। आज तो समय का ध्यान रखना ही था।

ध्वजारोहण के पहले उन्होंने रंगोली की भूरि-भूरि प्रशंसा की और वायदा किया कि लोककला के विकास में वे अपनी भूमिका निभाएँगे।

समयानुसार आठ बजकर तीस मिनट पर तिरंगा झंडा शान से लहराया। उसमें बँधे फूलों की पत्तियाँ, आकाश से होनेवाली पुष्पवर्षा की तरह धरती पर बरसीं। धरती पर स्वर्ग उतर आया। विकास की गंगा तो बह ही रही है, विश्वगुरु भारत पुनः अपना गौरव प्राप्त कर संसार का सिरमौर बनेगा। बस, केन्द्र सरकार मदद नहीं कर रही है वर्ना तो...वगैरह-वगैरह हुआ। लड्डू बँटे। देशभक्ति का ज्वार साढ़े दस बजे तक उमड़ता रहा।

क्षेपक—तहसीलदार साहब के आग्रह पर डिप्टी रेंजर ने चपरासी को सौ रुपए दिए जिसकी समझदारी ने सबकी इज़्ज़त बचा ली। खुद उन्होंने बच्ची को बुलाकर उसके सिर पर हाथ फेरा और अपनी तरफ़ से उसे सौ रुपए का पुरस्कार दिया। साइकिल पर घर लौटते समय कैरियर पर बैठी लड़की ने चपरासी से पूछा- ''बाबूजी, कौन-सा कुत्ता रहा होगा, जो ये काम कर गया?''

"क्या मालूम बेटी। वैसे तुम जानकर क्या करोगी?" चपरासी ने बिटिया से पूछा।

"कुछ नहीं", लड़की कुछ क्षण चुप रही फिर बोली, "वो कुत्ता मिल जाता तो उसे जलेबी खिलाती। उसी के कारण अपने को इनाम मिले और सरकारी गाड़ी में बैठने को मिला।"

●

साहब-बीवी और बाबा जी

शशांक नितिन जलतारे जी इस बात से हमेशा प्रसन्न और गौरवान्वित रहे हैं कि उनके सरनेम और उनकी सरकारी नौकरी में स्वभावगत मैत्री है। उनकी आध्यात्मिक चेतना यह भी मानती है कि स्वयं ब्रह्मा ने उनके कपाल पर जब भाग्यलेख लिखा तो उन्होंने ही इस अद्भुत संयोग की रचना की। इस नज़रिए से उनका जन्म एक आध्यात्मिक परिघटना है। माता-पिता की काम-प्रेरणा किसी ऐसे शुभ मुहूर्त में जागृत हुई कि उसी का सुफल है धरती पर उनका अवतरण! बहुत दूर नहीं यदि उनका जन्म पिता के धमतरीवाले पुश्तैनी मकान के दाएँ तरफ़ रहनेवाले पड़ोसी के यहाँ हो गया होता तो उनका नाम, हो सकता है शशांक ही होता पर नाम के दूसरे और तीसरे पद में अन्तर होता। सरनेम होता साहू! यदि जन्म बाएँ तरफ़वाले पड़ोसी के यहाँ होता तो उनके नाम का पुछल्ला होता बोरकर जो उन्हें बिल्कुल ही पसन्द ना होता। यानी काफ़ी सोची-समझी दैवी परियोजना के अन्तर्गत संसार में उनका पदार्पण हुआ है।

जलतारे होकर जल-शुद्धीकरण और नगर को जल प्रदान करनेवाले विभाग में इंजीनियर होने को वे दैवी आदेश मानते हैं। जल से उनकी प्रतिबद्धता का एक ठोस प्रमाण यह भी है कि वे शराब कभी भी सोडा-वोडा मिलाकर नहीं पीते। वे रम में शुद्ध पानी और बर्फ़ का इस्तेमाल करते हैं। उनकी सिद्धान्तवादिता की एक कंडिका यह भी है कि वे रम और केवल रम पीते हैं। शराब न पीनेवालों को जब वे ईमानदारी से पीने के लिए प्रेरित करते हैं तो यह समझाते हैं कि 'रम' पद राम के क़रीब बैठता है इसलिए इस ब्रांड के प्रति वे आकृष्ट हुए। आख़िर प्रतिबद्धता भी कोई चीज़ है, फिर हमारी परम्परा! अरे भाई, जब मरा-मरा जपकर कोई डाकू महाकवि बन सकता है तो...यानी कि आप खुद ही सोचें-समझें, हम क्या कहें...भई आप तो खुद समझदार हैं...

...फिर यह भी तो है कि शौक़ और अध्यात्म में आप चाहें तो, यानी कि वाक़ई चाहें, तो एकता स्थापित कर सकते हैं, देखनेवालों ने चश्मदीदी का हवाला

देकर बतलाया है कि रम में पानी मिलाकर पैग तैयार करके वे आँखें मूँदकर पहले राम को याद करते हैं फिर दाएँ हाथ की अनामिका को उसमें डुबाकर कुछ बूँदें छिड़क देते हैं। यह हुआ कृष्णार्पण! आप किसी भी कृत्य को निष्काम भाव से उसे अर्पित करें तो वह योग है। इसके बाद जो कुछ होता है वह दारूखोरी नहीं सुरापान है। जलतारे जी ने कभी अपने दोस्तों को चकित करते हुए बतलाया था कि प्राचीन काल में काव्यशास्त्री मद्यपान गोष्ठी के वर्णन को भी महाकाव्य में आवश्यक मानते थे। अरे भाई, शब्दों के पीछे छिपे इतिहास, आशय और भाव की गरहराई में उतरें तभी ना समझा जा सकता है उसका अर्थ। किसी प्राचीन ग्रन्थ में यह भी कहा गया है कि जो सुरापान ना करे वह असुर।

दो चौक छोड़कर पारिजात कॉलोनी में रहनेवाले शर्मा जी इस छोटे नगर के ही बाशिन्दे हैं। उनकी जलतारे जी से दाँतकाटी, रोटी के स्तर की ना सही लेकिन समोसा बाँटने जितनी दोस्ती तो है ही। पन्द्रह किलोमीटर दूर बसे गाँव में जमी-जमाई खेती के दम पर और नगर में तीन मकान होने के कारण वे नगर के गणमान्य लोगों में हैं। उनके पूर्वज छत्तीसगढ़ की दो छोटी रियासतों के पुरोहित थे। राजा गँवाते थे और वे कमाते-जमाते थे। पूर्वजों के पुण्यों के फलों का सेवन करनेवाले शर्मा जी कर्मकांडी तो नहीं लेकिन इतने धार्मिक तो हैं कि नियमित पूजा-पाठ करते हैं और माथे पर चन्दन का तिलक लगाते हैं। जलतारे और उनका साथ आमतौर पर अँधेरा घिरते तक 'अब घर जाने दे' क़िस्म का होता है। शर्मा जी का चाय के बाद प्रिय पेय रूहअफ़ज़ा या नींबू का शर्बत है। हाँ, होली के दिन मूड आने पर पुरानी कहावत कि 'कभी-कभार तो काबुली खान भी गाता है' की तर्ज़ पर भाँग-मिश्रित दूधिया ठंडाई पीते हैं। पीने से पहले 'हर-हर महादेव' बोलना नहीं भूलते।

शर्मा जी के एक और प्रिय मित्र महोबे जी की चर्चा भी ज़रूरी है जो छत्तीसगढ़ की औद्योगिक नगरी भिलाई में रहते हैं। वे इस्पात संयन्त्र में नौकरी करते थे। पिछले वर्ष ही वी.आर.एस. लेकर उन्हीं के शब्दों में अब वे मलूकदास के दल में शामिल हो गये हैं। वे चाय, काफी, भाँग, शर्बत, शराब सभी का स्वाद चख चुके हैं। जीवन भर वे सावधान-सजग आदमी रहे हैं इसलिए सही संगत और उचित समय पर कभी-कभार सीमा में रहकर ही शराब पीते थे। भाँग से घबराते हैं। कहते हैं चूतिया नशा है। पानी डटकर पीते हैं और चाय नियमित किन्तु वह भी सीमा में। एक आध्यात्मिक-कम-पारिवारिक घटना, जिसे वे हैपनिंग कहते हैं, ऐसी हुई कि उन्होंने कभी-कभार शराब पीना त्याग दिया है। 'छोड़ दिया' कहना उन्हें पसन्द नहीं है। 'त्याग' शब्द में एक बात तो है, कुछ-कुछ आत्मगौरव जैसी। वह आत्मगौरव उन्हें 'प्राप्त' हुआ था-मिला नहीं प्राप्त हुआ-पत्नी के कारण। हुआ यूँ कि उनकी पत्नी पड़ोसन के प्रभाव में आकर जीवन-यज्ञ-परिवार से जुड़ गयी। अब

ऐसा है कि पति तो पत्नी से जुड़ा रहता है, तो उस पर भी प्रभाव तो पड़ना ही था।

प्रभाव भी एकदम हाई वोल्ट था। परिणामस्वरूप वे भी फटाक से उस आध्यात्मिक परिवार में शामिल हो गये और उन्हें विश्वास हो गया कि संसार में सुख-शान्ति का आगमन और भारतवर्ष में चरित्र-निर्माण यज्ञों की शृंखला से ही हो सकता है। भक्तिभाव के प्रवाह में सन्तरण करते हुए वे शुद्ध-पवित्र होते गये। उनकी वाणी और भाषा आकाशवाणी के 'चिन्तन' कार्यक्रम जैसी हो गयी है। दुर्गापूजा के समय उनके मन में विचार आया कि पंचकुंडीय यज्ञ करवाया जाय। विचार को उन्होंने दैवी प्रेरणा माना। उस प्रेरणा का एक्सटेंशन यह हुआ कि यह आयोजन परममित्र शर्मा जी के शहर में सम्पन्न किया जाय। तिथि, वार, ग्रह-नक्षत्र, दिशा-शूलादि जाँच-परखकर महोबे जी ने शुभ दिन सोमवार को शर्मा जी से मिलने के लिए प्रस्थान किया।

महोबे जी और शर्मा जी का गले मिलना श्रीमती शर्मा प्रेमाश्रु-पूरित नेत्रों से देखती रहीं। वे कहा करती हैं कि उन दोनों की राम-भरत मिलाप ब्रांड मिलनी देखकर उन्हें यह अनुभूति होती है कि पिछले जनम में वे दोनों भाई रहे होंगे।

शर्मा जी ने जलाराम मिष्ठान भंडार की रस-मलाई और कचौड़ी से मित्र का सत्कार किया, फिर कहा—''भाई आप आए तो मन प्रसन्न हो गया, वैसे कोई काम हो तो निसंकोच कहिये।''

महोबे जी पहले जायज़ तरीक़े से मुस्कुराए फिर अपनी आदत के अनुसार उन्होंने अपनी हथेलियों को उलट-पुलटकर देखा फिर कहा—'बन्धु, एक दैवी प्रेरणा हुई है। इसी सिलसिले में आया हूँ।''

शर्मा जी के मुख पर जिज्ञासा भड़भड़ाई—'अच्छा! मेरे बड़े भाग्य कि आप मुझे बतला रहे हैं।'

महोबे जी ने फिर हथेलियों को निरखा-परखा और बोले—'आप तो जानते ही हैं कि मैं जीवन-यज्ञ-परिवार से जुड़ गया हूँ। मैं चाहता हूँ कि पंचकुंडीय यज्ञ का आयोजन कर डालूँ।''

शर्मा जी इस उत्तम विचार से इतने गद्‌गद हो गये कि उन्होंने हाथ जोड़कर अपने योग्य सेवा की याचना कर डाली। श्रीमती शर्मा चेहरे पर पुरानी धार्मिक फिल्मों की नायिका जैसे कोमल भाव लिए यह सब देख रही थीं।

महोबे जी ने उत्साहित होकर कहा—''बन्धु, यज्ञ का आयोजन आपके ही नगर में करना है आपकी सहायता तो लगेगी ही।''

शर्मा जी समझ नहीं पाए कि क्या प्रतिक्रिया दें। उत्साह का पारा कुछ नीचे आया पर अपने को सँभाल लिया। गले में फँसी दुविधा को खाँसकर बाहर निकाला और कहा—''बन्धु, इस शहर में धार्मिक प्रवृत्ति के लोगों की कमी नहीं है पर

साधन जुटाना आसान काम नहीं है। यानी कि...मतलब कि कार्य सम्भव तो है। क्या कहते हैं कि प्रयास तो किया जा सकता है।

महोबे जी बोले—"तो फिर आज से ही काम शुरू करें...या कहिए कि काम की भूमिका बनाने का प्रयास किया जाय। अन्दाज़ हो जाएगा कि यहाँ कार्य सम्भव है या नहीं।"

मित्र की बात सुनकर शर्मा जी ने कुछ राहत सी महसूस की और कहा—"देखिए पैसे इकट्ठे करवाना मेरे वश की बात नहीं है...यानी थोड़े-बहुत तो सम्भव हैं लेकिन यहाँ के शासकीय अधिकारियों से मेरा अच्छा परिचय है। यज्ञ में तो कई प्रकार से सहायता की ज़रूरत लगती है, बिजली, पानी, यज्ञस्थल वगैरह।"

"...बन्धु, काम की शुरुआत तो इसी तरह होती है। हमारे जीवन-यज्ञ-परिवार के साथी भी हैं न सहयोग के लिये।"

शर्मा जी ने दिलदारी से कहा—"चलिए अपने मित्र जलतारे जी से मिलवाता हूँ। पानी की सारी ज़रूरत तो वो पूरी कर देंगे। मेरे अच्छे मित्र हैं।"

सोमवार का दिन था। सुबह साढ़े नौ बजे का वक्त। मज़े की हल्की धूप खिली थी। शर्मा जी अपने स्कूटर पर महोबे जी को बैठाकर जलतारे जी के घर पहुँचे।

बरामदे को पार करके बैठक के दरवाज़े तक पहुँचकर शर्मा जी को लगा कि बैठक के दरवाज़े केवल भिड़े हुए हैं। अन्दर से बन्द नहीं हैं। फिर भी उन्होंने घंटी बजाई। अन्दर से चूँ-चपड़ भी नहीं हुई तो उन्होंने दरवाज़े को हल्का धक्का दिया।

कमरे का दृश्य दिलचस्प था। बैठक की साज-सज्जा बिखरी-बिखरी-सी थी। सोफा अपनी जगह से सरका हुआ जैसे खींचकर सेंटर टेबल के पास लाया गया हो। सेंटर टेबल पर ओल्ड मौंक की रम की बोतल जिसकी बगल में गिलास। खिड़की का पर्दा खिंचा हुआ इसलिए कमरे में नीम उजाला। जलतारे जी पैजामा और बनयाइन पहने हुए दीवान पर पट सोए हुए! गावतकिया ज़मीन पर लुढ़का पड़ा और चादर आधी जलतारे जी के पैरों पर और आधी लटककर फर्श पर!

महोबे जी भौंचक्के! शर्मा जी ने जिस आदमी की तारीफ़ के पुल बाँधे वह यही है! उन्होंने आश्चर्यचकित होकर शर्मा जी की तरफ़ देखा। शर्मा जी मुस्कुराए, उनके चेहरे पर कोई परेशानी नहीं थी। उन्होंने आगे बढ़कर जलतारे जी को हिलाया-डुलाया। जलतारे जी ने लेटे हुए ही गर्दन मोड़कर पूछा-"कौन है? अरे शर्मा जी आप! आइए...आइए! अरे भई कितना बजा है?"

जलतारे जी आँखें मलते हुए बैठे। महोबे जी के नमस्कार का उत्तर देते हुए उन्हें भी बैठने का निवेदन किया। शर्मा जी दृश्य का मज़ा लेते हुए बोले—"दस

बज रहा है भैया। ऑफिस नहीं जाना है?''

जलतारे जी की लालिमा-भरी आँखों में हैरानी उभरी—''ऑफिस! क्यों भई, ऑफिस क्यों?''

शर्मा जी के होंठों पर महीन मुस्कुराहट आयी। बोले—''क्यों सोमवार को आपके ऑफिस की छुट्टी रहती है क्या?''

जलतारे जी ने भौंचक्के होते हुए कहा—''सोमवार! क्या बोल रहे हो यार! ये संडे कहाँ चला गया? संडे...यानी संडे साला कहाँ गया?''

शर्मा जी ठठाकर हँसे। महोबे जी बिटिर-बिटिर आँखें नटेरे, मुँह फाड़े कभी जलतारे जी को देखते और कभी शर्मा जी को।

''यानी भाभी जी नहीं है।'' शर्मा जी बोले।

''हाँ यार, वो तो शनिवार की शाम को भाई के यहाँ भाटापारा गयी हैं।''

''...और आप शनिवार की रात से पी रहे हैं।''

जलतारे जी ने बालों पर हाथ फिराते हुए कहा—''अब ऐसा है कि ग़म ग़लत कर रहा था। लेकिन संडे कहाँ चला गया।''

''संडे को आप बोतल में घोलकर पी गये हैं जनाब,'' शर्मा जी ने समझाने के अन्दाज़ में कहा—''अच्छा अब आप मुँह धोकर आइये। काम की बात करनी है। ये मेरे मित्र हैं महोबे जी। भिलाई से आए हैं।''

जलतारे जी उठे और याचना-सी करते हुए बोले—''आप लोग दस मिनट बैठिए।'' बालों पर हाथ फिराते हुए जलतारे जी कुछ बुदबुदाते-से भीतर चले गये।

अभी भी भौंचक्के-से महोबे जी को शर्मा जी ने बतलाया कि पति-पत्नी में अक्सर झगड़ा हो जाता है और श्रीमती जलतारे नाराज़ होकर दो-चार दिन के लिए भाई के घर चली जाती हैं। ऐसा है कि बन्दा दारूख़ोर है लेकिन भला आदमी है, फिर, उसमें भक्तिभाव भी है।

जलतारे जी बाथरूम से निपटकर कुर्ता पहन के वापस बैठक में आये। सोफे को खींचकर यथास्थान रखा। बिना किसी ग्लानि के सेंटर टेबल पर रखी हॉफ बाटल, गिलास और नीचे लुढ़की फुल बॉटल उठाकर कोने में रखी। फिर कहा—''माफ कीजिए आप लोगों को प्रतीक्षा करनी पड़ी। पहले काम की बात सुन लूँ फिर चाय बनाकर पिलाता हूँ आप लोगों को।''

''नहीं-नहीं, उसकी ज़रूरत नहीं है,'' महोबे जी हाथ जोड़कर बोले-''आपको तो तैयार होकर फिर ऑफिस भी जाना है''

''ऑफिस तो बन्धु, मेरी जेब में है। देर से भी गया तो कोई हर्ज नहीं। शहर को पानी बरोबर वक़्त पर मिलेगा। जहाँ तक चाय का सवाल है मुझे यह प्रमाणित भी तो करना है कि मैं दारू के अलावा और भी कुछ पीता हूँ। अपने लिए तो

बनाऊँगा ही तो आपके लिए भी बनाने में कोई कष्ट नहीं होगा। इतनी सेवा का मौक़ा तो दीजिए। तो शर्मा जी, हुक्म कीजिए।" जलतारे जी ने दिलदारी से कहा।

महोबे जी की दैवी प्रेरणा और शर्मा जी की इच्छा का सम्मान करते हुए जलतारे जी ने सहायता का वचन देते हुए कहा—"पानी की कोई भी तकलीफ़ नहीं होगी आपको और यहाँ के जितने शराब पीनेवाले सरकारी अधिकारी हैं वो अपने यार हैं। उनसे भी अपन बरोबर सहायता लेंगे। महोबे जी, आप भी शौक़ फ़रमाते हैं?"

महोबे जी ने दोनों कान पकड़े और दाँतों से जीभ दबाकर मुंडी हिलाकर इंकार किया।

यहाँ कहानी में एक छोटा-सा ब्रेक है जिसका उपयोग कुछ विज्ञापननुमा सूचनाएँ देने में किया जा रहा है।

यज्ञ सम्पन्न हो गया। शर्मा जी, महोबे जी और जलतारे जी तथा उनके हितैषियों ने लट्टे-पट्टे व्यवस्थाएँ कर दीं। इलाहाबाद से कुछ यज्ञ विशेषज्ञ पंडित बुलवाए गये थे। आसपास के गाँवों की जनता यज्ञ में शामिल हुई। पंडितों की दक्षिणा और चढ़ोत्री ठीक-ठाक रही। यज्ञ के दौरान धर्मप्रेमी लोगों के लिए तीन अतिरिक्त आकर्षण थे।

पहले आकर्षण थे फॉरेस्ट बाबा जो इलाक़े में आध्यात्मिक पुरुष के रूप में ख्यात हैं। वे पहले फॉरेस्ट विभाग में अधिकारी थे। वे भीड़ जुटाकर प्रवचन करनेवालों में नहीं हैं। वे जब भी नगर में आते हैं तो अग्रवाल कॉलोनी में रहनेवाले अपने शिष्य देवांगन वकील के यहाँ ठहरते हैं। वकील साहब के यहाँ पढ़े-लिखे बुद्धिजीवी क़िस्म के लोग शाम को जुड़ते हैं और सत्संग का लाभ उठाते हैं। यज्ञ के दौरान वे विशिष्ट अतिथि की तरह पंडाल में विशिष्ट कुर्सी पर आसीन होते।

आकर्षण नम्बर दो थे एक फ़क़ीरनुमा बाबा जो यज्ञ प्रारम्भ होते ही शहर में आ गये थे। वे सिर पर हरा कपड़ा बाँधते थे। सुबह कुर्ता-धोती पहनते और शाम को लुंगी-कुर्ता। वे नारा लगाते थे—ओम अल्ला। शहर के पुराने रईस ठाकुर बलवन्त सिंह उनसे प्रभावित हो गये। मशहूर है कि ठाकुर साहब को विचित्र वस्तुओं के संग्रह का शौक़ है। उन्होंने अपने कोठीनुमा मकान में बाबा को ठहरा लिया। गड़बड़ केवल यह हुई कि एक दिन बाद ही ठाकुर साहब का टीआई भांजा उनके यहाँ बिलासपुर से आया। बाबा जी हलुआ खा रहे थे। टीआई साहब सामने खड़े हुए, ग़ौर से बाबा को देखा और बोले-"क्यों बे! तू यहाँ कैसे? मेरे मामा जी का घर ही मिला था।" बाबा जी के गले में हलुआ फँस गया और वे खाँसने लगे। आश्चर्यचकित ठाकुर साहब को भांजे ने बतलाया कि वह आदमी बिलासपुर के एक होटल में बेयरा था जो एक गेस्ट का सामान चुराते हुए पकड़ा गया था।

नम्बर तीन पर सुपर स्टार क़िस्म के आकर्षण थे अमरकंटक से पधारे गौरी

शरण बाबा जिनके आश्रम की आसपास बड़ी ख्याति है। स्थानीय स्तर पर, आसपास के ग्रामीण भक्तगण उन्हें चोंगीबाबा भी कहते हैं। गाँजे का दम लगाकर चिमटा बजाते हुए अपनी खनकदार आवाज़ में जब वे भजन गाते हैं तो समाँ बँध जाता है। पूरे अंचल में यह भी प्रसिद्ध है कि उन्हें कर्ण-पिशाच सिद्ध है!

यज्ञ के दौरान ही महाविद्यालय के प्रोफ़ेसर वर्मा अपने मित्र तिवारी जी के साथ बाबा जी के सत्संग में गये थे। बाबा तख़्त पर गावतकिए से टिककर बैठे थे। उनके हाथ में एक लोहे की छोटी-सी छड़ी थी जिसे वे थोड़ी-थोड़ी देर में कान के पास ले जाते और धीरे से हिलाते। वर्मा जी की आँखें जैसे ही उनकी आँखों से मिलीं वे बोले...लाला हैं...ईश्वर में लगन है...बुद्धिजीवी हैं... क़लम के धनी हैं। वर्मा जी अचम्भित हो गये। उनकी लेखकीय प्रतिभा की कद्र किसी ने नहीं की जबकि ज़िला मुख्यालय से निकलनेवाले अखबार के रविवारीय अंक में उनके दो लेख प्रकाशित हुए थे। उन्होंने अपने परिचितों को बतलाया कि बाबा जी को सच में कर्ण-पिशाच सिद्ध है।

...तो यज्ञ सम्पन्न होने पर महोबे जी ने गद्गद भाव से शर्मा जी, जलतारे जी और अन्य सहायकों को धन्यवाद दिया। बाबा जी के चरण छूकर आशीर्वाद लिया और वापस भिलाई लौट गये। सर पर हरा कपड़ा बाँधनेवाले बाबा तो टीआई साहब से भेंट होने के बाद, रातों-रात चुपके से पलायन कर गये थे। यज्ञ समाप्त होने के दो दिन बाद फॉरेस्ट बाबा भी चले गये। अमरकंटक वाले बाबा भर नगर में रुके। उनके भक्तों का मन सत्संग से अभी भरा नहीं था।

एसडीओ बिठालकर, प्रोफ़ेसर तिवारी और डॉक्टर गुप्ता तो बाबा जी के शिष्य ही बन गये। छोटे शहर के इन बड़े लोगों की बाबा जी के प्रति भक्ति का प्रभाव तो नगर पर पड़ना ही था। शहर के आफीसर्स क्लबनुमा चन्द्र बहादुर क्लब के अध्यक्ष एसडीओ साहब के शिष्य बनते ही क्लब में भजनसन्ध्या का आयोजन रखा गया जिसके मुख्य अतिथि बाबा जी थे। क्लब के सदस्यों के अलावा नगर का भद्रजन समाज, अभद्र समुदाय और ख़ास लोगों में अपना नाम दर्ज करवाने के लिए उत्सुक कुछ दाँतनिपोरू आमजन भी कार्यक्रम में शामिल हुए। होम्योपैथी के डॉक्टर गुप्ता, चुटकुले बाज़ कवि सुरेन्द्र चौबे, अधिकारियों को खुश करके मार्केट बनाने में लगा भजन गायक विवेक यादव जो अनूप जलोटा की नक़ल करता है और छत्तीसगढ़ी फिल्म का असफल साइड हीरो विनय बाबा जी के कृपाकांक्षी बनने की दौड़ में लगभग प्रतिद्वन्द्वी बन गये।

क्लब की भजनसन्ध्या के बाद बाबा जी का शिष्यत्व ग्रहण करना स्टेटस सिम्बल हो गया। बाबा जी ने अपने तीनों प्रमुख शिष्यों के यहाँ पाँच-पाँच दिन डेरा जमाकर पखवाड़ा पूरा किया। जब डॉक्टर गुप्ता के यहाँ सत्संग का सिलसिला चला

तब जलतारे जी भी, बाबा जी के शब्दों में 'दरसन-परसन' करने पहुँच जाते। शाम का समय अच्छा कट जाता। कभी भजन होता कभी गाँजे की चिलम चढ़ाकर बाबा जी दुनिया-जहान की बातें बतलाते। मज़ा आ जाता। घर लौटकर दो-तीन पैग रम पीकर जलतारे जी भोजन करते और फिर पत्नी के सहयोग या असहयोग के हिसाब से निद्रामग्न हो जाते।

वह सत्संग का चौथा दिन था जब, शर्मा जी की व्याख्या के हिसाब से, जलतारे जी को दैवी संकेत मिला और वे भी बाबा जी के शिष्य बन गये!

बाबा जी के चले जाने के बाद भी उनके शिष्य और भक्त गुरुवार को भाव-भजन करते। इसे वे दरसन-परसन् कहते। बाबा जी से सीखा हुआ यह शब्द शहर की डिक्शनरी में शामिल हो गया था।

जलतारे जी लगभग महीने-भर यह अनुभव करते रहे कि उनके जीवन में एक नया परिवर्तन प्रवेश कर गया है। उनका आध्यात्मिक स्तर कुछ ऊँचा उठा गया है। पहले तो रात को दारू पीने के बाद कभी-कभी उन्हें सन्देह होता था कि उनकी पत्नी जिस स्कूल में शिक्षिका हैं वहीं के उनके सहयोगी शिक्षक योगेन्द्र बघेल से उनका टाँका भिड़ा हुआ है। ऐसे समय तीसरे पैग तक आते-आते वे भावुक होकर गाया करते थे—दोस्त दोस्त न रहा, प्यार प्यार न रहा, उनकी आँखों से आँसू बहने लगते थे। उस विगलित बेला में उनकी पत्नी को यह सन्देह होता था कि पति किसी भूतपूर्व या वर्तमान प्रेमिका को याद कर रहा है। अब नया परिवर्तन यह हुआ कि पीने के बाद उनका मन शान्त रहता और कभी-कभी तो उस मनोदशा में अपनी पत्नी पर उन्हें प्यार हो आता। अध्यात्म, दारू और सम्भोग की इस त्रिवेणी का आनन्द उन्होंने कुछ दिनों तक उठाया फिर धीरे-धीरे यह बैटरी डाउन हो गयी।

अन्य शिष्यों का उत्साह भी महीने-भर के बाद ठंडा पड़ने लगा। दरसन-परसन् का नियमित क्रम टूटने लगा।

...लेकिन बिखरती हुई आध्यात्मिकता में छह महीने बाद फिर से जान आ गयी। गौरी शरण बाबा का नगर में पुनरागमन हुआ। हुआ यूँ कि एसडीओ बिठालकर का तबादला नक्सल प्रभावित क्षेत्र में हो गया जो उनकी कोशिशों के बाद भी रद्द नहीं हुआ। अन्दर से भयभीत लेकिन ऊपर से साहसी बने हुए बिठालकर ने नयी जगह ज्वाइन करने के पूर्व बाबा जी का आशीर्वाद लेना ज़रूरी समझा। बाबा जी की बदौलत नगर छोड़ते-छोड़ते बिठालकर जी की इज़्ज़त में इज़ाफ़ा हुआ और उन्हें शानदार बिदाई दी गयी।

एसडीओ साहब के जाने के बाद भी बाबा जी तीन दिन तक और रुके। इस बार अपने शिष्य जलतारे जी के यहाँ उन्होंने डेरा डाला।

शाम खुशनुमा थी। अभी गर्मी तेज़ नहीं हुई थी। जलतारे जी के क्वार्टर के सामने की खुली जगह पर ही सत्संग की व्यवस्था थी। बाँस गाड़कर आठ ट्यूबलाइट लगा दी गयी थीं। फॉरेस्ट रेंजर ने बाँस भेज दिए थे और नगरपालिका के अधिकारी ने ट्यूबलाइट का प्रबन्ध किया था। बाक़ी काम बिजली विभाग के असिस्टेंट इंजीनियर श्रीवास्तव ने सँभाल लिया था। एक घपले के कारण डीई का सामना कर रहा श्रीवास्तव, प्रोफ़ेसर तिवारी के शब्दों में 'ताज़ा शिष्य' और डॉक्टर गुप्ता के शब्दों में 'नया बकरा' था। कुल जमा व्यवस्था चकाचक थी।

अँधेरा घिर आया था। तख़्त पर मसनद से टिककर बाबा जी आसीन हो गये थे। सामने बिछी दरियों पर भक्तों की संख्या बढ़ने लगी थी। जलतारे तो बाहर-भीतर हो रहे थे। किसी बाबा को ठहराने के लिए साधन, खर्च और फ़ुर्सत की कितनी ज़रूरत होती है इसका अन्दाज़ उन्हें हो रहा था। यह भी समझ में आ गया था कि बाबा-शाबा बड़े लोगों के यहाँ ही क्यों ठहराए जाते हैं।

विवेक यादव अपने प्रिय तबलावादक छोटू के साथ आ गया था और श्रद्धाभाव से बाबा जी की ओर देख रहा था। यज्ञ के दौरान अपनी भजनगायकी से उसने बाबा जी को खासा प्रभावित कर लिया था। बाबा जी ने उससे वादा किया था कि अगले राज्योत्सव में कार्यक्रम के लिए उसका नाम वे संस्कृति विभाग में जुड़वा देंगे। मन्त्री जी की पत्नी उन्हें मानती हैं।

बाबा जी की कृपाकांक्षा-प्राप्ति में उसके प्रतिद्वन्द्वी मंचीय कवि सुरेन्द्र चौबे की मोटरसाइकिल जैसे ही आकर रुकी भजनगायक ने बुरा-सा मुँह बनाया और धीरे से फुसफुसाकर छोटू से बोला—'आ गये ठसियल चूतियम सल्फेट। साले के मुँह में बवासीर है।'

सुरेन्द्र चौबे ने आते ही बाबा जी के पैरों पर सिर रखा और बाबा जी ने उसके सिर पर हाथ। सुरेन्द्र चौबे ने गद्गद स्वर में कहा—"बाबा जी आपके कर कमल में मेरी सरस्वती विराजती हैं।"

बाबा जी मुस्कुराए और विवेक यादव ने मुँह बिचकाकर धीमे स्वर में छोटू से कहा—'हो गये चालू'

फुसफुसाहट सुरेन्द्र चौबे के कानों तक पहुँच गयी, उसने पलटकर मुस्कुराते हुए कहा—"विवेक जी, मैं तो शुरू होकर जल्दी खत्म हो जाता हूँ पर आप तो अलाप और सरगम के साथ चालू होते हैं तो बहुत लम्बा खींचते हैं।"

विवेक जी, गिरने के बाद उठकर 'नहीं लगी' कहकर कुहनी सहलाते हुए हँसने जैसी मुद्रा बनाकर मुस्कुराए और बाबा जी लाड़-भरे स्वर में बोले—"तुम दोनों की मैत्रीपूर्ण ठिठोली बड़ी प्यारी लगती है। वैसे कविजी, तुम तो बाबा-पच्चीसी लिख रहे थे ना। पूरी हुई कि नहीं?"

"बस दो रचनाएँ और रह गयी हैं। बाबा जी, आज तो मैं आपको वह रचना सुनाऊँगा जिसे एक कार्यक्रम में सांसद जी का आशीर्वाद प्राप्त हुआ था।"

साढ़े दस बजते ना बजते जलतारे जी व्यग्र हो गये। श्रीमती जलतारे की आँखें झपकने लगीं, अभी तो भोजन भी नहीं किया गया है। आख़िर हिम्मत करके जलतारे जी ने उद्घोषणा जैसी की—"सभी कोई सुनिये, अब विजय जी का एक भजन होगा, फिर आज का सत्संग खत्म।"

विजय जी ने हारमोनियम सँभाला और छोटू ने तबला मिलाया। कुछ सेकंड गुनगुनाने के बाद विजय जी बोले—'बाबा जी एक भजन सुना रहा हूँ, रायगढ़ में एक कार्यक्रम के दौरान डीजीपी साहब ने इस भजन को इतना पसन्द किया कि इसे तीन बार सुना।" सुरेन्द्र चौबे की तरफ़ देखकर विजय जी ने कहा—"सुरेन्द्र जी सुनिए ग़ौर से।"

जब डीजीपी साहब ने तीन बार सुना था तो बाबा जी को तो दो बार सुनना ही था।

बाबा जी की वापसी यात्रा में तीन-चार घंटे की देर थी तभी वह घटना घटी। बाद में हालात सामान्य होने पर जलतारे जी ने इसे दुर्घटना निरूपित किया था। इसके अलावा उन्होंने उसे पत्नी की बेवफ़ाई का एक प्रमाण माना था।

गुरु जी की विदाई को अचूक और व्यवस्थित बनाने के लिए जलतारे जी उस दिन फ्रेंचलीव पर थे। यूँ किसी बाबा की यात्रा की क्या तैयारी! दो-तीन कपड़े, एक कमंडल और एक आसनी ही तो रखना है। (यूँ एक हाई-फाई कूल वाटर कंटेनर और एक थर्मस उनके साथ चलनेवाले शिष्य के साथ अनिवार्य रूप से रहते हैं) हाँ, चमड़े का एक मज़बूत बैग भी बाबा जी के कन्धे से लटकता है। बाबा जी के लिए रुचिकर भोजन बनवाया गया था जिसमें घी और श्रद्धाभाव का उदारतापूर्वक इस्तेमाल किया गया था। बाबा जी की तृप्त डकारों से जलतारे परिवार के सदस्य आनन्दमग्न हो रहे थे। आनन्द भाव में व्यावहारिक बुद्धि की यह मिलावट ज़रूर थी कि अब रसोई के बजट का बोझ कम हो जाएगा। भोजनोपरान्त बाबा जी तख़्त पर वज्रासन् पर विराजमान होकर बोले—"जलतारे जी, आप लोगों में बड़ा भक्तिभाव है। बड़ी सेवा की है आप लोगों ने, हमारा मन प्रसन्न है। हमारा आशीर्वाद आपके साथ रहेगा। बस, आपसे एक वादा लेना है।"

जलतारे जी विनम्रता से बोले—"बाबा जी, आज्ञा दीजिए।"

"ना खर्च ना साधना ना कष्ट! बस एक वादा आपको करना है।"

"बोलिए गुरुजी," जलतारे जी कुछ और विनम्र हुए।

कुछ क्षणों तक बाबा जी चुपचाप मुस्कुराते हुए जलतारे जी को देखते रहे फिर बोले-"संकल्प करो कि शराब पीना अभी इसी क्षण से छोड़ दोगे।"

जलतारे जी को लगा कि किसी ने उनके सिर पर पत्थर पटक दिया हो। फटी-फटी आँखों से उन्होंने एक बार बाबा जी को देखा फिर कुछ हटकर खड़ी पत्नी की ओर।

बाबा जी ने मधुर वाणी में कहा—"पत्नी तो हमेशा पति का हित-चिन्तन करती है। तो फिर वादा करो।"

"जी...जो आज्ञा", हाथ जोड़कर जलतारे जी ने गिरी-गिरी आवाज़ में कहा।

बाबा जी चले गये। नगर-सेठ ने अपनी तवेरा गाड़ी और एक हज़ार रुपए भिजवा दिए थे। देर शाम जलतारे थकान से निढाल सोफे पर लेट गये। थकान मिटाने के कार्यक्रम में पत्नी ने बाबा जी के माध्यम से सेंधमारी कर दी थी। उन्हें लगा कि उन्हें घेरघार कर उल्लू बना दिया गया है। ज्यों-ज्यों अँधेरा घिरता गया जलतारे बेचैन होते गये। वे अपने को असहाय अनुभव कर रहे थे। उनका अवसाद धीरे-धीरे पत्नी के प्रति गुस्से में बदलता गया। उन्होंने गुर्राकर पत्नी से पूछा— "बाबा जी से चुगली करने की क्या ज़रूरत थी?"

"इसमें चुगली की क्या बात है," पत्नी ने दलील दी, "मैंने समझा कि आप आध्यात्मिक ऊँचाई पाना चाहते हैं, उसके लिए तो यह ज़रूरी है।"

"हुँह...ज़रूरी है...", जलतारे ने मुँह बनाया, "कुछ ज़रूरी नहीं है, आध्यात्मिकता अलग चीज़ है और खानपान अलग।"

"बाबा जी को याद करो तो मन शान्त रहेगा।" श्रीमती जलतारे मुड़ीं और चली गयीं।

जलतारे जी ने बाबा जी को याद किया। गायत्री मन्त्र का जाप किया लेकिन कहाँ चैन! कैसी शान्ति! कभी आँख लगी तो सपने में दारू की बोतलें नाचती हुई दिखलाई देतीं। बाबा जी को दिए हुए वचन का निर्वाह करने का आत्मगौरव अनुभव करने के बाद भी जलतारे जी अशान्ति और उदासी से छुटकारा नहीं पा सके।

मोटरसाइकिल से उतरकर जलतारे जी बेमन से चलते हुए शर्मा जी के ड्राइंग रूम में दाखिल हुए। शर्मा जी इन्तज़ार में ही बैठे थे। जलतारे जी का गर्मजोशी से स्वागत करते हुए उन्होंने कहा—"आओ भाई, तिवारी जी और सिंग को भी बुलाया है। आज रविवार मनाया जाय, चाय और पकौड़ों के साथ रमी की बाज़ी जो जाय।"

"ठीक है खेल लेंगे," जलतारे जी ने बैठते हुए निर्लिप्त भाव से कहा।

शर्मा जी कुछ देर उनके चेहरे को ग़ौर से देखते रहे फिर बोले—"क्या बात है? तबियत कुछ ढीली लग रही है!"

"हाँ यार...तबियत तो ढीली रहेगी ही। पीना छूट गया है ना।" बालों पर

हाथ फेरते हुए जलतारे जी ने जैसे स्वगत कथन किया–"बिना रम के रमी तो विधवा है।"

"पीना छोड़ दिया! वाह भई, कमाल हो गया! गुड...वेरी गुड...लेकिन..."

"अरे यार, बाबा जी ने वचन ले लिया। बीवी ने फँसा दिया।"

"जलतारे जी, आपके लिए तो यह अच्छा ही है...कीप इट अप।"

जलतारे ने ऐसा मुँह बनाया जैसा बवासीर का मरीज़ निवृत्त होते समय बनाता है। सिर पर हाथ फेरते हुए बोले—"क्या गुड यार। सारा रुआब खत्म हो गया।"

"रुआब खत्म हो गया? यानी कि..." शर्मा जी ने आश्चर्य से कहा—

"हाँ यार...जब से दारू छोड़ी है रुआब घट गया है। बच्चे मोटरसाइकिल के सामने से हटते नहीं हैं। हॉर्न बजाने से भी नहीं हटते," जलतारे जी ने विवश भाव से कहा—"बीवी कहना नहीं मानती। ऑफिस के लोग भी साले...मतलब पहले जैसी बात नहीं रह गयी यार।"

शर्मा जी ने अपनी तरफ़ से समझाने की भरपूर कोशिश की लेकिन जलतारे जी की एक ही टेक–"रुआब भला रहेगा कैसे?"

जब छह महीने में बाबा जी का आगमन नगर में दो बार हुआ तो जलतारे जी को लगा कि शिष्य तो और भी हैं फिर बाबा जी का डेरा उनके यहाँ ही क्यों जमता है। यह कोई बात हुई? एक तो दारू पर रोक...ऊपर से खर्चा! उन्हें यह भी लगा कि बाबा जी किसी गुंताड़े में हैं। नगर के लगभग डेढ़ सौ साल पुराने जुगल किशोर मन्दिर के विषय में लोगों से जानकारियाँ लेते रहते हैं। मन्दिर के पुजारी कुछ लोगों से चिन्ता ज़ाहिर कर चुके थे कि मन्दिर और आसपास की ज़मीन पर बाबा जी की निगाह है। अपने आश्रम की शाखा इस नगर में भी डालने की योजना है शायद।

शाम का वक़्त था। अँधेरा घिर आया था। जलतारे जी का मूड खराब था। दोपहर के भोजन में बाबा जी की फ़रमाइश पर खीर बनाई गयी थी। ऑफिस में भी बदमज़गी हुई। दो क्लर्क आपस में लड़ गये। मामला शान्त करते–करते जलतारे जी को ऑफिस से लौटने में काफ़ी देर हुई थी। घर पहुँचते ही बाबा जी ने निर्देश दिया–कल भजनसन्ध्या का आयोजन कर लो। जलतारे जी के दिमाग़ में एक धमाका हुआ। पेट गुड़गुड़ाया फिर वायु पीछे से सस्वर निकली। यानी...कल पंडाल-शंडाल की व्यवस्था करो, पर क्या कहें!

जलतारे जी मुँह फुलाकर बरामदे में कुर्सी पर बैठे थे। कुर्सी के हत्थे पर कुहनी और ठुड्डी हथेली पर टिकाकर। तभी इंस्पेक्टर जंघेल का भेजा हुआ सिपाही आया। जंघेल इन दिनों बाबा जी का ख़ास ख्याल रखते हैं। एमएलए साहब का इशारा है, सिपाही ने जलतारे जी को प्लास्टिक का छोटा डब्बा देकर कहा—"साहब ने बाबा जी के लिए भेजा है।"

जलतारे जी ने डब्बे को घुमा-फिराकर देखा—''ये क्या है? वैद्यनाथ का त्रिफला चूर्ण!''

सिपाही हँसा, एकदम सिपाही की तरह—''अरे साहब, डब्बा त्रिफला का है। अन्दर गांजा है। बाबा जी की चिलम के लिये।''

''हूँऽऽ।'' जलतारे जी का चेहरा पहले से और भी गम्भीर हुआ।

कमरे में जाकर जलतारे जी ने डब्बा बाबा जी के हाथ में थमाकर कहा—''इंस्पेक्टर जंघेल जी ने भेजा है।''

बाबा जी कुछ कह पाते इसके पहले ही जलतारे जी मुड़े और अपने कमरे में चले गये। मन में अपने से ही बोले-''बेटा जलतारे, बस तू ही लामक लेडी बना रह! बेवकूफ़ कहीं का।''

कुछ देर वे अलमारी के सामने खड़े रहे फिर झटके से उन्होंने अलमारी खोली। ऊपर के खंड में छह महीने पहले ख़रीदी ओल्ड मौंक रम की बोतल रखी थी, आधी खाली बोतल उनके वचन-पालन की गवाही दे रही थी।

जलतारे जी ने बोतल निकाली, फिर फ्रिज से ठंडे पानी की बोतल और किचन से गिलास लाकर उन्होंने पैग बनाया। दाएँ हाथ की तर्जनी से मदिरा की कुछ बूँदें छिड़ककर कृष्णार्पण किया और गटागट पी गये। दूसरा पैग बनाकर वे सामने के सेंटर टेबल पर पाँव फैलाकर कुर्सी पर आराम से बैठ गये।

पत्नी कमरे में आयी तो भौंचक्की रह गयी। बोली-''ये क्या कर रहे हैं। बाबा जी...।''

''...चीयर्स।'' पत्नी की बात काटते हुए जलतारे जी ने मुस्कुराते हुए गिलास ऊँचा किया...''बी हैप्पी, कुछ नमकीन ले आओ।''

श्रीमती जलतारे पति की ओर चिन्तित मुद्रा में कुछ देर तक देखती रहीं फिर मुड़कर चली गयीं।

कुछ देर बाद वे कमरे में फिर आयीं और बोलीं—''बाबा जी आपको याद कर रहे हैं।''

जलतारे जी गिलास हाथ में लिए ही उठ खड़े हुए। पत्नी ने टोका—''गिलास लेकर ही जाओगे!''

''यस डार्लिंग'', जलतारे जी मस्ती से बोले—''वो क्या कहते हैं ना...परदा नहीं जब कोई खुदा से...''

जलतारे जी हाथ में गिलास लिए हुए ही बाबा जी के सामने जा खड़े हुए तो बाबा जी ने आँखें तरेरकर पूछा—''ये क्या है? तमाशा क्यों कर रहे हैं!''

हतप्रभ हुए बिना जलतारे जी ने कहा—''बाबा जी यह भी सत्संग है। गिलास में ओल्ड मौंक रम है जिसका मतलब हुआ वृद्ध संन्यासी। तो हुआ ना

सत्संग।''

बाबा क्रोधित मुद्रा में बोले—''आपने गुरु को वचन दिया है। याद है या भूल गये!''

बिना विचलित हुए जलतारे जी ने कहा—''बाबा जी, आपसे मेरा एक सवाल है।''

बाबा जी ने घूरते हुए कहा—''पूछिए।''

''आप खुद नशा कर रहे हैं। रोज़ गाँजा खींच रहे हैं और मुझको शराब पीने से रोक रहे हैं। ये दुहरी नीति है या नहीं?''

बाबा जी थोड़ा-सा झिझके फिर बोले—''ए तो सन्त परम्परा में मान्य है, इसका आध्यात्मिक महत्त्व है।''

''...तो फिर...,'' जलतारे जी ने गिलास ऊँचा किया—''...इसकी भी परम्परा है, राजसी परम्परा है और शायरों की परम्परा है।''

बाबा जी गुस्से में आगे-पीछे डोलने लगे। साँप की फुफकार जैसी आवाज़ नाक से निकली और भड़ककर बोले—''तू नहीं...ये दारू बोल रही है। गुरु से ज़बान लड़ाता है।''

''देखो बाबा जी, ज़्यादा टिर्र-पिर्र मत कीजिए। याद रखिये गाँजा पीना और रखना गैरकानूनी है। शराब पीना कानून के दायरे में है। फिर आप तो फोकट में गाँजा पीते हैं। हम मेहनत की कमाई से पीते हैं। चूतिया समझ लिया है क्या?''

गुस्से से हाँफते बाबा जी जलतारे जी की मुद्रा देखकर थोड़ा सकपकाए और चुप हो गये।

दूसरे दिन भजनसन्ध्या का कार्यक्रम नहीं हुआ। और काहे का दरसन-परसन! बाबा जी दोपहर के पहले ही भोजन किए बिना 'गुरुद्रोही' के यहाँ से चले गये।

●

मिशन पीआरटी

श्रीमती रजनी वर्मा सोच में पड़ी थीं। ये काम तो महत्त्वपूर्ण और फ़ायदे का है सो इसे तो करनई है। वो भी एकदम युद्ध स्तर पर! तो फिर काम भी क़ायदे से किया जाय। यानी तरीक़े से योजना बने। सो, पहले तो प्रोजेक्ट का नाम तय हो। सड़-सड़े कामों में जुटे एन.जी.ओ. तक कुछ करते हैं तो उसे प्रोजेक्ट कहते हैं; फिर ये तो उनकी ज़िन्दगी से जुड़ी घटना है, कोई सरकारी जुमले से निकली सड़क की सफ़ाई छाप टिल्ले नवीसी नहीं है। कमरे की आरामकुरसी पर गोद में राइटिंग पैड रखकर, हाथ में पेन लेकर बीस मिनट से सोच रही थीं। छत के पंखे से लेकर दीवारों की हर चीज़ पर नज़र घुमा ली। टी.वी., कम्प्यूटर, पलँग हर सामान की ओर देखते हुए दिमाग़ दौड़ाती रहीं। पेन के सिरे से कनपटी को सहलाते वक़्त ठीक इक्कीसवें मिनट पर आख़िर सरस्वती जी ने दिमाग़ की कॉलबेल बजायी। मुस्कुराते हुए उन्होंने कागज पर लिखा–'मिशन पीआरटी'। जे...बाऽऽत! कुछ भी कहो भई, अँग्रेजी है तो दमदार भाषा! फिर शब्दों को छोटा बनाने पर भी वे बाँड़े-बूचे नहीं लगते बल्कि और चमकीले लगते हैं। अब येई देख लो! मिशन प्रोपर्टी को 'मिशन पीआरटी' कहने का वज़न ही कुछ और है।

वैसे तो यह है ठेठ पारिवारिक प्रोजेक्ट लेकिन इसके लिए दौड़-धूप की तो खासी ज़रूरत है। लगभग शोधकार्य जैसी खोजबीन करनी होगी। वैसी नहीं जैसी विश्वविद्यालयों में पीएच.डी. करने के लिए की जाती है। दस पन्ने इस किताब के लिए और दस उस किताब के। वो भी नहीं करना है तो किसी को पैसे देकर लिखवा ली। बाक़ी काम हैड की चरण वन्दना से धक जाता है। यहाँ तो खुदई दौड़-धूप करनी है। पंडित जी की बात पर भरोसा करना ही ठीक है। पहली बार उनके कहने पर उन्होंने भरोसा नहीं किया था लेकिन जब उन्होंने दूसरी बार भी वही बात कही तो उस पर विचार करना पड़ा। उनकी अम्मा कहती थीं कि पंडितों के पोथी-पत्रा में बड़े रहस्य छिपे रहते हैं। भाग्य की बात कौन जानता है।

घटना एक महीने पहले की है। सावन माह के अन्तिम सोमवार को उन्होंने

सत्यनारायण की कथा करवाई थी। वर्मा जी तो आफिस चले गये। श्रीमती वर्मा ने टोका था—"आज कथा है तो छुट्टी ले लीजिये। मैंने तो ले ली है।"

"अरे तुम्हारी बात अलग है भाई। वैसे भी आजकल कॉलेजों में पढ़ाई होती कहाँ है? पोलिटिकल साइंस विषय कोई लेता भी है?"

उस समय तो रजनी वर्मा को बुरा लगा था पर बाद में लगा था कि बात सही भी है। अब शास्त्र पढ़ने की ज़रूरत ही नहीं है। अब तो लगता है कि माँ के पेट से ही बच्चे राजनीति सीखकर आते हैं। अगर इलेक्शन के दौरान बच्चा पैदा हुआ तब तो जब उसके बोल फूटेंगे तो माँ या पापा ना बोलकर वह पहला शब्द बीजेपी या कांग्रेस बोलेगा। लेकिन सरकारी कार्यालयों में ऐसा कौन-सा काम होता है कि पतिदेव कॉलेज के नाम पर टोंचा मार गये। ज़माने-भर के चोर-चाई और भ्रष्ट लोग भरे हैं वहाँ तो। हाँ, नईं तो। अब अपने पंडित मिश्रा जी को ही लो! ठीक है, हो सकता है रिश्वत ना खाते हों लेकिन क्या काम करते होंगे अपने ऑफिस में। जब देखो पोथी-पत्रा बाँधे पूजा करवाते रहते हैं। इनके लिए तो ऑफिस अवर्स की कोई समस्या ही नहीं है। नौकरी करते हुए पुरोहिताई करने के अपने मज़े हैं। बॉस भी जजमान हैं। इतना ही नहीं कई नेताओं और अधिकारियों से आत्मीय सम्बन्ध हैं। भई, चाहो तो उन्हें राज-पुरोहित कह लो! या फिर सुपर पंडित! कथा करवाने, तिथि देखने, शादी करवाने और ज्योतिष का तड़का लगाने में तो उनका जवाब नहीं। पर क्या करना उनकी इन बातों से—रजनी वर्मा ने अपना दिमाग़ ठंडा करते हुए सोचा था। अपने घर की पूजा तो तबियत से करवाते हैं। उस दिन भी विधि-विधान से पूजा निपटाकर चाय पीते हुए मिश्रा जी ने रजनी वर्मा और उनके पति के सद्भाव-भरे व्यवहार की प्रशंसा की थी और उन्हें भाग्यशाली महिला बतलाया था। उन्होंने फ़ौरन अपनी हथेली आगे कर दी थी—"पंडितजी, हाथ देखकर ज़रा बतलाइए तो कुछ है हमारे भाग्य में?"

"अरे बहन जी, आपको क्या कमी है," पंडित जी ने विनम्रतापूर्वक कहा—'आपको क्या कमी है। सब कुछ तो है आपके पास। सबसे बढ़कर है धर्मभाव, तो आगे भी भगवान की दया से सब अच्छा ही होगा।'

इसके बाद पंडित जी ने चश्मा लगाकर उनकी हथेली की रेखाओं को देखकर कहा—"लम्बी उमर है आपकी और स्वास्थ्य भी अच्छा रहेगा।...और...और...हाँ, आपके हाथ में धनयोग है।" फिर उन्होंने हथेली छोड़कर उनकी ओर देखकर कहा था-'आप माथे पर थोड़ी सिकुड़न डालिये। हाँ...ऐसे ही! बस, ठीक है।"

उनकी जिज्ञासा तो चरम सीमा पर! ऐसी बात सुनकर भला किसकी धड़कन नहीं बढ़ेगी! गला खगारकर वे बोली थीं—"क्या देख रहे हैं पंडित जी?"

"ऐसा है बहन जी, धनयोग तो है आपके भाग्य में, हस्तरेखाएँ और माथे की

लकीरें तो कहती हैं कि आप को आकस्मिक धन मिलने का योग है।''

'ऐसाऽऽऽ लेकिन मुझे भला कहाँ से सम्पत्ति मिल जाएगी!'

'अब ये तो मैं नहीं जानता बहन जी।' पंडित जी ने चश्मा उतारते हुए कहा—'लेकिन आपकी भाग्य रेखाएँ तो यही कह रही हैं।'

पंडित जी के जाने के बाद वे देर तक सोचती रही थीं कि ऐसा हो भी सकता है क्या! पूजा की सामग्री समेटते समय, भोजन करते समय उनके दिमाग़ में मिश्रा जी की भविष्यवाणी गूँजती रही। उन्होंने मायके और ससुराल के सभी रिश्तेदारों को याद किया। क्या कोई ऐसा है जो सम्पत्तिशाली भी हो और जिसका उनके अलावा और कोई ना हो।

एक समय था जब दुनिया-भर की लॉटरी टिकटों से बाज़ार पटा रहता था। तब किसी ज्योतिषी ने कोई भविष्यवाणी तो नहीं की थी लेकिन उन्होंने कई बार लॉटरी के टिकट ख़रीदे थे वह भी शुभ मुहूर्त देख-दाखकर। अरे भई, रॉकेट तक मुहूर्त देखकर, नारियल फोड़कर छोड़े जाते हैं। कभी-कभी तो वे अभियान भी सफल नहीं हो पाते। लेकिन जहाँ तक उनके अभियान का सवाल है, वे कभी सफल नहीं हुए। नतीजा रहा शून्य। उन्होंने कई ऐसे आइटम भी ख़रीदे जिन पर त्यौहारों के समय लाखों रुपए के इनाम घोषित होते हैं। वहाँ भी उन्हें निराशा हाथ लगी थी। भाग्य ने उन्हें कई बार ठेंगा दिखाया है। केवल एक बार, फूड प्रोसेसर ख़रीदने पर उन्हें अस्सी रुपए का इनाम मिला था। बताओ भला, अस्सी रुपए! अब तो 'कौन बनेगा करोड़पति' का सीजन भी चला गया कि उसमें भाग्य आज़माया जाता। हालाँकि, उससे पिचकाट बहुत है। कौन दुनिया-भर के सामान्य ज्ञान पर सिर पटके। अब तो जितना कोर्स पूरा करने के लिए पढ़ना है, बस अपने लिए तो वही ज्ञान की सीमा है। हाँ भई, अपने को कौन-सा अफ़लातून बनना है।

दिन-भर उनका दिमाग़ इसी में उलझा रहा। शाम को सोचा कि वर्मा जी से भी इस विषय पर बात की जाय! घुमा-फिराकर उन्होंने चर्चा शुरू की। बात को दार्शनिक रूप देते हुए उन्होंने भाग्यवाद और नियति के विषय में पति की राय जानने की चेष्टा की तरह की। बिना अपना मन्तव्य जतलाए। आख़िर, बुद्धिजीवियों के घरों में ऐसी गम्भीर चर्चा होना कोई अस्वाभाविक भी नहीं है। उन्होंने पंडित जी के साथ हुई बातचीत के विषय को कुछ इस तरह सामने रखा जैसे कोई प्रसंग अचानक यूँ ही याद आ गया हो। लेकिन वर्मा जी ने बिलकुल पति की तरह बात को हल्का बनाकर कहा—''अरे भई, अगर तुम अमीर बन जाओ तो मुझ गरीब का थोड़ा ध्यान रखना।''

पर रजनी वर्मा भी कहाँ छोड़नेवाली थीं! उन्होंने कहा—''नहीं...नहीं, बात को टालिए मत। बतलाइए आप भाग्य पर कितना विश्वास करते हैं।''

वर्मा जी ने कुछ परेशान होकर पत्नी की ओर देखा। उनके ऑफिस के काम में कभी इस विषय पर सोचने की ज़रूरत नहीं पड़ी। विधान सभा सत्र के दौरान कभी-कभार विभाग से पूछे गये प्रश्न के उत्तर भी उन्होंने एकदम फूलप्रूफ बनाकर दिए हैं लेकिन उसमें कभी उन्हें दिक़्क़त नहीं हुई। वे कुछ सोच ही रहे थे कि रजनी वर्मा ने कहा—"अरे बतलाइए भी।"

"अब ऐसा है कि...भाग्य होता तो है।" वर्मा जी ने उत्तर दिया था।

श्रीमती वर्मा के लिए इतना भर काफ़ी था। यह तो उनकी योजना के लिए सहमति ही हुई! अब ऐसा है कि हर बात के लिए डिटेल्स थोड़े ही दिए जाते हैं। दो दिनों के बाद ही उन्होंने पंडित जी को फिर बुलवाया। अगली पूजा के विषय में बातचीत करते हुए वे असली बिन्दु पर पहुँचीं और पंडित जी से पूछा कि सम्पत्ति लाभ का सौभाग्य उन्हें कब तक प्राप्त हो सकता है? पंडित जी अपने काम में पारंगत आदमी ठहरे। मुस्कुराए और उँगली ऊपर की ओर दिखाकर बोले—"ऐसा है बहन जी, विधाता ने किसके लिए क्या रचा है, भला इसके बारे में कोई क्या कह सकता है।"

श्रीमती वर्मा के चेहरे पर परेशानी झलकी तो उन्होंने सान्त्वना दी—"ऐसा है बहन जी, मेरी पहुँच तो ज्योतिष विद्या तक है। पर भाग्य के ताले की चाबी तो उसी के पास है। उसी की मर्ज़ी से खुलेगा।"

श्रीमती वर्मा समझ नहीं पा रही थीं कि क्या कहें। फिर भी बोलीं—"फल-प्राप्ति के उपाय भी तो किए जा सकते हैं? ऐसा कुछ..."

पंडित जी ने उसकी बात बीच में ही झोंक लीं—'बहन जी सब्र का फल मीठा होता है। दो महीने, चार महीने, साल, दो साल कुछ भी समय लग सकता है। वो कहा गया है ना हुई है सोई जो राम रचि राखा,को करि तर्क बढ़ावइ साका। जब-जब जो होना है, तब-तब वो होता है। इत्यादि सारी बातें हैं। उसका खेल वही जाने।"

श्रीमती वर्मा ने पंडित जी को 'छप्पन भोग' दुकान की रसमलाई और 'पधारो सा' होटल के समोसे खिलाए लेकिन उनके हर प्रश्न के उत्तर में पंडित जी ने हर बार कुछ ऐसा कहा जिसका अर्थ उनकी समझ में नहीं आया। तीन-चार संस्कृत के श्लोक भी पेल दिये। खुद रजनी वर्मा को तो दो श्लोक ही याद थे और उनके अर्थ भी वे जानती थीं। एक तो गायत्री मन्त्र और दूसरा कौटिल्य का श्लोक जिसका सम्बन्ध उनके राजनीति विषय के अध्यापन की ज़रूरत से था! फिर भी उन्होंने पूछा—'पंडित जी, यदि ऐसा कोई संयोग बनने की सम्भावना हो तो वह किस दिशा से बनेगा?"

कुछ सोचकर पंडित जी ने कहा—"वैसे तो पूर्व और उत्तर दिशा शुभ होती

हैं।...किन्तु...परन्तु...अर्थात...जो है सो...'' इत्यादि।

खा-पीकर तृप्त भाव से पंडित जी मोटरसाइकिल पर चलते बने। इधर श्रीमती वर्मा की जिज्ञासा व्याकुलता में बदल गयी। उन्होंने पंडित जी के शब्दों को बार-बार याद किया और निष्कर्ष निकाला कि सौभाग्य संकेत की अवधि एक वर्ष हो सकती है। साथ ही सौभाग्य रथ पर सवार लक्ष्मी का आगमन, यदि होना है तो, पूर्व या उत्तर दिशा की ओर से होगा।

...तो अब श्रीमती रजनी वर्मा ने यह प्रोजेक्ट पीआरटी बनाया है जिसके तीन चरण हैं। उन्होंने बहुत सावधानी और गम्भीरता से एक-एक स्थान और नाम पर विचार किया है। उनकी अम्मा कहती थीं कि थाली गुम जाए तो घड़े के भीतर भी झाँककर देख लेना चाहिये।

पहला चरण—पूर्व और उत्तर दिशा में रहनेवाले अपने ऐसे रिश्तेदारों और परिचित व्यक्तियों की जानकारी उन्हें एकत्र करनी है जो निसन्तान हैं।

दूसरा चरण—सूची में से ऐसे लोगों को छाँटना है, साल-भर में जिनकी दुनिया से चल बसने की सम्भावना है।

तीसरा चरण—दोनों चरणों में जो लोग शामिल किए जा रहे हैं उनसे सदाशयता भरी मुलाक़ातों का सिलसिला शुरू करके उनसे अपने सम्बन्ध को पुनर्नवा करना है। भाग्य भी तो उनका साथ देता है जो कर्म करते हैं।

'मिशन पीआरटी' का ड्राफ्ट बनाकर उन्होंने बालमुकुन्द जी की मूर्ति के चरणों में रख दिया है और मनौती मानी है कि यदि ऐसा कुछ हो गया तो ग्यारह सौ ग्यारह...नहीं...नहीं...ग्यारह हज़ार ग्यारह सौ ग्यारह रुपए शिरडी के साँईबाबा के मन्दिर में चढ़ाएँगी।

●

सन्धि, विग्रह और मित्रलाभ कथा

छोटे पंडित के मन में अपनी प्रिय पुस्तक हितोपदेश का सुभाषित बार-बार गूँज रहा था—हित करनेवाला शत्रु भी बन्धु है और अहितकारी बन्धु भी शत्रु होता है। चन्दन घिसते-घिसते उन्होंने बड़े पंडित के विषय में सोचा। तीन साल पहले बड़े पंडित खुद लल्लो-चप्पो करके उन्हें गाँव से रायपुर ले आए थे। तब तो मुँह में बताशे घुल रहे थे-"छोटू, यहाँ क्या धरा है? ये कबेलूवाला पुराना घर और थोड़ी-सी ज़मीन। बीवी-बच्चों का पेट कैसे पालोगे? बच्चों का भविष्य भी तो बनाना है या नहीं?"

छोटे पंडित ने थोड़ी अगलें-बगलें ज़रूर झाँकी थीं। कुनमुन-कुनमुन किया कि ज़रा घर में सलाह-वलाह कर लें। बड़े पंडित ने कहा था-"अरे घोंचू महाराज, इसमें क्या सोचना! आजकल सबसे अच्छा धन्धा है—धरम। भगवा पहनकर तो आजकल लोग मन्त्री-वन्त्री तक हो रहे हैं। फिर अपनी तो हज़ारों साल की परम्परा है। शहर आ जाओ। साईं मन्दिर में पुजारी की ज़रूरत है। फ़ौरन लगवा दूँगा। अब मेरा कारोबार फैल रहा है। मन्दिर में नियमित आरती करने का मुझे समय नहीं मिलता। तुम आ जाओ तो पुजारी का पद घर में ही रहे। देखो छोटे, इस काम में मज़े ही मज़े हैं। तुम्हें संस्कृत तो आती ही है। कुंडली बाँचना अपने बुच्चू मामा से सीख लो। बहुत सरल काम है और बेहद कमाऊ। पंचांग तो कोई भी देख लेता है।"

छोटे पंडित पसोपेश में थे। चुप रहे। पर बड़े पंडित तो बड़े पंडित। परम चेंटू बोले, "ज्योतिष का थोड़ा अभ्यास कर लो। शहर में दीन-दुखी भी बहुत हैं और हरामख़ोर भी।"

"...हाँ...तो! वो तो सभी जगह हैं?" छोटे पंडित ने पूछा था।

"अरे भकुए, सभी को ज्योतिषी की ज़रूरत है। कुछ को अच्छे दिनों का इन्तज़ार है जो आने से रहे। कुछ दुनिया-भर के कुकर्म करेंगे फिर अपने पास ही आएँगे। ठीक है, तुम घर में सलाह-मशविरा कर लो। वहाँ मामला जम जाएगा। पुजारी के लिए बँधी तनख़्वाह का प्रावधान है। बाहर पुरोहिताई वगैरह के काम के लिए मिलनेवाली दक्षिणा पर पुजारी का अपना हक होता ही है।"

अपने चचेरे बड़े भाई पंडित चिन्तामणि शर्मा के आग्रह पर रामसेवक शर्मा शहर रायपुर चले आए थे और भाई के स्थान पर अनुकम्पा नियुक्ति पाकर पुजारी के पद पर आसीन हो गये। वे 'छोटे पंडित' कहलाने लगे और चिन्तामणि शर्मा बड़े पंडित की उपाधि को प्राप्त हुए। ए मानद उपाधियाँ मन्दिर के ट्रस्टियों की देन हैं जो जल्दी ही लोकमान्यता पा गयीं।

छोटे पंडित को जगह ठीक लगी। होने को तो मन्दिर परिसर किसी मन्दिर के अहाते की तरह ना होकर किसी घर के बड़े आँगन की तरह है। वैसे भी यह तीन कमरों, एक कोठरी और आगे-पीछे आँगनोंवाला मकान ही था, जिसे बाद में मन्दिर की शक्ल दे दी गयी। एक कमरे को हॉल बनाकर शिरडीवाले साईं की मूर्ति बैठा कर शेष दो कमरों में भी मूर्तियों की स्थापना कर दी गयी थी। विभिन्न देवताओं के भक्तों की तृप्ति एक ही स्थान पर होने की परम्परा तो है ही। एक कमरे में शिवजी विराजे हैं और दूसरे में दुर्गाजी। दोनों कमरों के सामने लम्बा-सा बरामदा है, जहाँ घंटे बँधे हैं। साईं दरबार के हॉल में दो बड़े घंटे हैं। एक घंटे को आरती के समय उपस्थित कोई भक्त बजाने लगता है। एक ऑटोमेटिक नगाड़ा भी बजता है जिसकी ढप्प-ढप्प आवाज़ छोटे पंडित को बेसुरी लगती है।

बड़े पंडित के व्यवहार ने आशंकित ना किया होता तो सब कुछ ठीक-ठाक ही चल रहा था। छोटे पंडित का परिवार गाँव में ही था। बीच-बीच में वे घर हो आते। उनकी तनख्वाह में थोड़ी बढ़ोतरी कर दी गयी थी और उनके कुछ जजमान भी बन गये थे। तीन साल के भीतर मन्दिर में आनेवालों की संख्या में खासी वृद्धि हो गयी थी। जब से शहर के एक मोटे पुजारी ने साईं बाबा की पूजा करने से लोगों को मना किया है तब से साईं भक्तों में उत्साह का ज्वार और भी बढ़ गया है। शाम की आरती में तो भीड़ आँगन तक फैल जाती है। गुरुवार को तो पूछो ही मत। पिछले दिनों दुर्ग रोड पर कई एकड़ में फैले दो आश्रमों के बाबा बलात्कार के केस में जेल गये हैं, तब से उनके भक्तों की आमद भी यहीं होने लगी है। अपने बाबाओं के पुरुषार्थ के आड़े आनेवाले भारतीय संविधान से नाराज़ भक्तों को अब इन्हीं मूर्तियों का आसरा रह गया है।

वैसे भी, मन्दिर की जगह सुभीते की है। वास्तु के हिसाब से तो बिलकुल ही नहीं, लेकिन सभी जानते हैं कि टाटा-बिड़ला के कारखाने कोई वास्तु के नियमों के अनुसार तो बने नहीं हैं। कमाई की जगह हो तो वास्तु शास्त्र भी एक टाँग पर खड़ा होकर साथ देता है। शहर इसी तरफ़ सरक रहा है। नयी राजधानी तो जैसे रस्से से बाँधकर उसे अपनी तरफ़ घसीट रही है। जय स्तम्भ चौक से तेलीबाँधा तक की फोरलेन सड़क को गौरव पथ बना दिया गया है। अब तो तेलीबाँधा तालाब के आसपास का पूरा इलाक़ा शहर की सबसे सुन्दर जगह है। महासमुन्द रोड का पूरा

हाईवे पिछले वर्षों में गुलज़ार हो गया है। मेग्नेटो, सिटी मॉल, आशिया मॉल भी इसी सड़क पर हैं। इस इलाक़े के भिखारी तक इस बात से गौरवान्तिव हैं।

तेलीबाँधा थाने के बाएँ तरफ़ से जो सड़क कटी है, उस पर कुछ दूर चलकर पुष्पांजलि अस्पताल से पचास क़दम आगे के तिराहे से जो सड़क बाईं तरफ़ गयी है उसी पर दाईं ओर मन्दिर है। अब तो मन्दिर के कारण ही तिराहा अपग्रेड होकर साईं मन्दिर चौराहा कहलाने लगा है। पहले यह क्षेत्र पिपरिया गाँव कहलाता था लेकिन अब नगर पालिका में शामिल होकर शास्त्री नगर कहलाता है। यहाँ कई नयी कालोनियाँ उग आई हैं। ऋषि वेली, सत्यम कॉलोनी, गौरव हाइट्स और पीछे की सड़क पर अशोक कॉलोनी। अगल-बगल पूरा बाज़ार। दुकानें ही दुकानें। यहाँ सब उपलब्ध है। मन्दिर के सामने, सड़क के पार जो चौकोर मैदान है, पुराने लोग बतलाते हैं कि वहाँ पहले जोगी तालाब था। तालाब अब पुर गया है और पूरी ज़मीन बिक गयी है। जल्दी ही एक पॉश कॉलोनी और एक शॉपिंग काम्प्लेक्स वहाँ बननेवाला है।

बड़े पंडित का कहना है कि विकास तेज़ी से हो रहा है। बाबा के आशीर्वाद से दो-तीन साल में ही इलाक़े का नक्शा बदल जाएगा। इसके साथ ही मन्दिर और भी चकाचक हो जाएगा। लोगों में भक्तिभाव बढ़ रहा है। उनकी व्याख्या है कि भक्तिभाव या तो गरीबी में रहता है या फिर अमीरी में। बाक़ी के लिए मन्दिर जाना शौक़ है या फैशन या फिर मिलने-जुलने का स्थान। बड़े-बूढ़ों के लिए पास टाइम। टी.वी. के सीरियल ज़िन्दाबाद। उन्हें देखकर लोग सीख रहे हैं कि किस दिन किस देवता की पूजा करनी चाहिए और किस रंग के वस्त्र धारण करने चाहिये।

बड़े पंडित की बात काफ़ी दूर तक सच है। छोटे पंडित ने ग़ौर किया है कि मन्दिर कुछ लोगों के लिए सहूलियत की जगह है। दो प्रेमी जोड़ों की तयशुदा हाज़िरी गुरुवार और रविवार को होती है। एक जोड़ा कॉलेज पढ़नेवालों का है। छोटे पंडित पहचानते हैं। लड़का पलास हाइट्स के फ्लैट में रहनेवाले इंजीनियर शर्मा का बेटा है और लड़की मन्दिर के पास की सत्यम कॉलोनी की है। गुरुवार को वे शाम की आरती से कुछ पहले आ जाते हैं। उस दिन तो खासी भीड़ रहती है। पंडित आरती भी इत्मीनान से करते हैं। प्रेमियों को अच्छी सुविधा मिल जाती है। इधर आरती में लोग हाथ जोड़े भक्तिभाव से मगन रहते हैं। भीड़भाड़ में जोड़-झाले की गुंजाइश तो रहती नहीं।

दूसरा जोड़ा खाँटी देशी है। गौरव हाइट्स के पीछे उड़िया मोहल्ला है। प्रेमी-प्रेमिका दोनों वहीं के हैं। वे अकसर एक-दो दिन की आड़ में कभी सुबह की और कभी शाम की आरती के समय आते हैं। लड़की साँवली है। ज़्यादातर हरी साड़ी पहनती हैं और उड़ीसा शैली का जूड़ा बाँधती है। जूड़े में फूल लगाने का शौक़ है।

लड़के का रंग गेहुँआ है और उसने रितिक रोशन स्टाइल के बाल रखे हैं। दोनों की मुस्कराहट सुन्दर है। असली भी। खरे सोने जैसी। दोनों ही पहले हर मूर्ति के सामने हाथ जोड़ते हैं और घंटे को बजाते हैं। पहले वे आँगन में लगे नीम पेड़ के चारों तरफ़ बने चबूतरे पर बैठते थे। अब वहाँ जगह नहीं बची तो बाउंड्री वाल से टिककर बातें करते हैं। चबूतरा लोगों के द्वारा घर से निकाली गयी देव-मूर्तियों से भर गया है। शुद्धात्मा बाबा के उपदेश से कृपा पाने के लिए लोगों ने ऐसा किया था। कई लोगों को लगा था कि चड्डी का रंग बदलने से या समोसा के बदले कचौड़ी खाने से दैवी कृपा आएगी। कुछ लोग तो ऐसीडिटी के मरीज़ ही हो गये थे।

छोटे पंडित सोचते हैं कि प्रेमीगण आएँ या लुच्चे उन्हें क्या लेना-देना! किसी के फटे में काय को पाँव घुसाना। हितोपदेश की मूर्ख बन्दर की कहानी उन्हें मालूम है। वैसे भी पुराने किस्सों के हिसाब से कई प्रेमी जोड़ों का प्रेम मन्दिरों और बगीचों में पूजा के फूल तोड़ने के दौरान ही फला-फूला है। भंडारे के दिन तो कौन-कौन नहीं आता! भले-बुरे, काले-गोरे, शरीफ़-गुंडे। जब से इस इलाक़े में इलेक्ट्रॉनिक्स उपकरणों का शानदार शो-रूम बना है तब से मन्दिर में भंडारा भी शुरू हुआ है। शो-रूम रतलानी का है जो शहर का बड़ा आदमी है। चर्चा तो यह भी है कि उसका स्मगलिंग का धन्धा भी है। होगा भाई। छोटे पंडित को क्या लेना-देना। वो भक्तिभाव से गुरुवार को बाबा के दरबार में हाज़िरी देता है और सैकड़ों लोगों के लिए स्पेशल भोग का इन्तज़ाम करता है। शाम को मन्दिर आते ही बाबा की मूर्ति के आगे दंडवत होता है। उसके दंडवत भक्तिभाव में एक बार कुछ महीनों का व्यवधान तब हुआ था, जब उसे हाइड्रोसिल हो गया था।

बड़े पंडित के पैर छूकर हमेशा पूछता है—''पंडित जी, मेरे लायक़ कोई सेवा। मन्दिर को चमकाने में उसके योगदान की सराहना बड़े पंडित हमेशा करते हैं। अरे भाई, ऐसी भक्ति कितनों में होती है। बोलो! गुरुवार के भोग का पूरा इन्तज़ाम वही करता है। भोग में कभी खिचड़ी बनती है और कभी हलुआ। वह भी दिलदारी से। जो भी आता है, दोना-भर प्रसाद पाता है। उड़िया मोहल्ले के बच्चों की तो लाइन लगवानी पड़ती है। लोग कहते हैं कि ऐसा स्वादिष्ट भोग कहीं नहीं मिलता। रतलानी विनम्रता से गद्गद होकर कहता है—सब बाबा की कृपा है।' प्रसाद वितरण के लिए भी वह एक अपना आदमी लगा देता है। जन्माष्टमी और रामनवमी के दिन फलाहारी और नवदुर्गा के समय भंडारा। अब बताओ! देवमूर्तियों के लिए चाँदी के छत्र बनवाने के बाद उसे मन्दिर का ट्रस्टी बना दिया गया। ट्रस्टी क्या, मालिक ही कहो। हर पर्व पर बड़े पंडित और छोटे पंडित को धोती-कुरता, भोजन और दक्षिणा। बोलो, एक आदमी और क्या करेगा?

मिलने को तो यह सब कुछ छोटे पंडित को भी मिलता है लेकिन माध्यम तो

बड़े पंडित ही हैं। उनकी तो पौ-बारह है। मन्दिर की जितनी तरक़्क़ी हो रही है, बड़े पंडित की नीयत में उतना खोट छोटे पंडित को नज़र आता है। कुछ कहते नहीं बनता और कहे भी तो किससे? मन उखड़ा-उखड़ा रहता है। ना तो आरती करने की इच्छा होती है और ना ही मूर्तियों के शृंगार करने की। क्या सीधे बड़े पंडित से बात करे? पर समस्या के केन्द्र तो वही हैं। वर्मा अंकल से बात करने का मन एकाध बार बनाया तो संकोच हुआ कि घर की बात उनसे करें या ना करें? हितोपदेश में भी कहा गया है कि स्वजनों को छोड़कर परायों को नहीं अपनाना चाहिए। लेकिन कहा तो यह भी गया है कि संकट के समय उपाय करनेवाला ही सुखी रहता है।

अब, बड़े पंडित तो उसके लिए साक्षात संकट बनते नज़र आ रहे हैं। वो खुद तो अच्छी तरह जम गये हैं। उनकी तो यहाँ नौकरी भी है और जजमानी भी है। नौकरी भी ऐसी कि थोड़ी-बहुत ऊपरी कमाई भी हो जाती है। दो-चार बड़े अफ़सरों को भी साध रखा है। उनमें से दो अपनी डी.ई. से परेशान हैं और एक अपने नपुंसकत्व से। मन्दिर के ट्रस्टी तो बन ही गये हैं। मन्दिर की ओर से वाहन भत्ता और मानदेय के प्रतीक रूप में एक राशि यह कहते हुए बँधवा ली है कि रायपुर जैसे महँगे शहर में मन्दिर निरीक्षण और उसके विकास के लिए निरन्तर कार्य करना होता है। कहते हैं कि मानदेय तो बाबा का प्रसाद है।

सब उनके व्यक्तित्व और कूटबुद्धि का कमाल है। गोरे-नारे, तराशे नैन-नक्श और इकहरे बदनवाले बड़े पंडित शाम की आरती के समय धोती, कढ़ाईवाले कुरते और शाल में सजकर आते हैं। माथे पर तिलक, चेहरे पर विनम्रता और होंठों पर मुस्कान रहती है। आरती होते समय ताली बजाकर सुर मिलाते हैं। बीच-बीच में आँखें बन्द कर थोड़ा-सा ठुमकते भी हैं। नर्तन जैसे इन ठुमकों का अचूक प्रभाव भक्त-जनों का होता है। खासकर औरतों को बड़े पंडित की मोहनी मूरत भाती है।

बड़े पंडित ने कहा तो कुछ नहीं है पर नीयत बदल गयी है। बीच-बीच में उनके कामों में खोट बताने लगे हैं। छोटे पंडित को जानकारी है कि पिछले साल भर से अपने बड़े लड़के को उन्होंने समझा रखा है कि इन दिनों इससे बढ़कर कोई दूसरा धन्धा नहीं है। आनेवाले समय में भी इसके और फैलने की गुंजाइश है। अब तो हर राजनीतिक पार्टी अपने को धार्मिक कहलाने के चक्कर में है। अभी तो पाखंड और भी बढ़ेगा। फिर ऐसा भी है कि जिस तरह वकील के बेटे के लिए वकालत और डॉक्टर के बेटे के लिए डॉक्टरी आसान होती है, उसी तरह पुरोहित के बेटे के लिए जजमानी का बना-बनाया मार्केट होता है। जजमानी अगर जमी हुई है तो शहरों में तो मज़े हैं। टेंशन फ्री कारोबार। ग़ाँव-कसबों में पंडितों की हालत पतली है। गाँवों के असली जजमान तो किसान हैं। खेती का तो पटरा बैठ गया है और किसान आत्महत्या कर रहे हैं। शहरों में देखो बेटा, खेतीवाली ज़मीनों पर बिल्डिंगों की

फ़सल लहलहा रही है। डरे हुए नेता, सफल नेता सभी को तरक़्क़ीवाला यज्ञ और शत्रुनाशक मन्त्र चाहिए। अब तो आई.ए.एस. और आई.पी.एस. अफ़सरों को भी ज्योतिषी की ज़रूरत है। व्यापारी तो हमेशा कर्मकांडी रहे हैं। संस्कृत तो तुम्हारा विषय ही रहा है। अब अँग्रेजी भाँजो। स्पीकिंग इंग्लिश सिखानेवाले ढेर से डिवाइस हैं—मार्केट में। देखो बेटा, संस्कृत और अँग्रेजी का कम्बिनेशन पुरोहिताई करनेवाले को बहुत जल्दी सफल बनाता है।

एकाध साल में ही बड़े पंडित का लड़का सज-सँवरकर, सारे औज़ार-हथियारों के साथ धन्धे में उतरने के लिए उसी तरह तैयार हो जाएगा जैसे फिल्म लाइनवालों के घामड़ बेटे भी जूडो-कराटे, डांस सीख-साख कर फिल्मों में उतरते हैं। बड़े पंडित के बेटे की तैयारी भी एकदम प्रोफेशनल तरह से हो रही है। जब बड़े पंडित बेटे की तारीफ़ करते हैं तो छोटे पंडित सोच रहे थे कि अब बीवी-बच्चों को यहाँ ले आना चाहिए तभी उन्हें अपना भविष्य डाँवाडोल दिखलाई दे रहा है। बड़े पंडित ने तो ट्रस्टियों को शीशे में उतार लिया है और धीरे-धीरे मन्दिर के मालिक जैसे हो गये हैं। रतलानी की तो मन्दिर से जुड़ी कोई महत्त्वाकांक्षा नहीं है। वह तो अपनी पब्लिक इमेज बना रहा है। बड़े पंडित ने एक मन्त्री के पी.ए. को पटा लिया है। उन्हीं के शब्दों में उसके साथ उनकी ज़बर्दस्त केमिस्ट्री है। उसके माध्यम से कभी-कभार मन्त्री जी के दरबार में भी उन्हें एंट्री मिल जाती है और उनसे राम रमौवल हो जाती है। दबंग मन्त्री के पी.ए. से तो पुलिस के अफ़सर भी लसे रहते हैं, इसलिए उन्होंने कुछ ऐसा जमाया कि पुलिस लाइन के हनुमान मन्दिर के वे लगभग सी.ई.ओ. बन गये हैं। वहाँ पूजा-पाठ करनेवाला संविदा पंडित बड़े पंडित के सामने दाँत निपोरता है।

छोटे पंडित को लगा कि आख़िर किसी से तो सलाह लेनी ही होगी। अंकल वर्मा भर ऐसे व्यक्ति हो सकते हैं। कोई गहरी पहचान तो नहीं, लेकिन उन्हें 'अंकल' बनाकर एक आत्मीयता का रिश्ता जोड़ ही लिया है। इस तरह की घरेलू क़िस्म की बातें तो उनसे कभी नहीं की हैं, लेकिन और कोई चारा भी तो नहीं है! तो, एक दिन जब बड़े पंडित वहाँ नहीं थे, छोटे पंडित ने हिम्मत करके वर्मा जी से कहा—"अंकल, आपसे कुछ व्यक्तिगत सलाह लेना चाहता हूँ।"

"क्या बात है?" वर्मा जी ने कहा, "निसंकोच कहो।"

"कभी आपके घर आकर कहूँ?"

"हाँ...हाँ...रविवार को आ जाना।" वर्मा जी ने कहा।

प्रोफ़ेसर वर्मा छोटे पंडित के अंकल बन गये तो उनके काम आए। उनका अंकल बनना भी मज़ेदार रहा। सात-आठ महीने पहले ही अधेड़ उम्र के वर्मा दम्पती की ओर छोटे पंडित का ध्यान गया था। मन्दिर परिसर के गेट से अन्दर

आकर श्रीमती वर्मा तो दाईं तरफ़ बने साईं दरबार के हॉल में चली गयीं, लेकिन वर्मा जी आँगन के बीचोबीच नीम पेड़ के चबूतरे के पास खड़े होकर मन्दिर का मुआयना जैसा करने लगे! छोटे पंडित को लगा कि अजीब अहमक़ है! लोग तो मन्दिर परिसर में घुसते ही सीढ़ी छूकर हाथ माथे से लगाते हैं। फिर घंटा बजाते हैं और बारी-बारी से सभी मूर्तियों के सामने खड़े होकर हाथ जोड़ते हैं।

'साले पाखंडी'—छोटे पंडित ने सोचा था, 'यहाँ पोज़ मारकर खड़े होने के लिए आए हो।' फिर लगा कि कहीं सजा-धजा चोर तो नहीं है। आजकल ठगों को क्या पहचाना जा सकता है। एक बार नहीं, छोटे पंडित ने कई बार ग़ौर किया था कि श्रीमती तो भक्तिभाव से भरी हुई हैं और यह अजूबा या तो इधर-उधर देखता रहेगा या जब तक पत्नी पूजा करेगी तब तक यह सड़क पार की पान दुकान पर जाकर पान खाएगा और सिगरेट फूँकेगा।

एक दिन आरती के बाद, छोटे पंडित इलायची दाना और नारियल का प्रसाद बाँट रहे थे। आँगन में खड़े वर्मा जी को प्रसाद दिया तो हथेली फैलाकर प्रसाद ले लिया। ना तो अँजुली बाँधी और ना ही प्रसाद खाने के बाद हथेली को सिर पर फिराया जैसा सभी भक्तगण करते हैं। छोटे पंडित को गुस्सा आया, लेकिन क्या करते। उनकी अजीब हरकत एक बार और दिखलाई दी। उस दिन लगभग ग्यारह बजे जनाब अकेले आए और साईं दरबारवाले हॉल में घुसे। छोटे पंडित को लगा कि चलो आज इस बेवक़ूफ़ को अक़्ल आ गयी। अन्दर जाकर जनाब ने बारी-बारी से पाँच-सात बार दोनों घंटे बजाए, फिर दीवारों पर लगे साईं बाबा के जीवन से जुड़े चित्रों को देखते रहे। मूर्ति को ग़ौर से देखा ज़रूर लेकिन ना हाथ जोड़े और ना सिर झुकाया। फिर हॉल से निकलकर सींग उठाए बैल की तरह चलते बने जैसे घंटा टुनटुनाने के लिए ही आए थे।

छोटे पंडित को आज भी याद है। वह बुधवार का दिन था जब हर काम इत्मीनान से होता है। शाम की आरती के लिए थोड़ा समय था। रामप्यारे आरती के सामान का जुगाड़ कर रहा था और छोटे पंडित इधर-उधर हो रहे थे। बस, यूँ ही। आँगन के कोने में रखी कुर्सियों पर बड़े पंडित अपने किसी श्रद्धालु के साथ बैठे थे। उसी समय वर्मा दम्पति आये! हमेशा की तरह श्रीमती वर्मा मूर्तियों के दर्शन करने लगी। वर्मा जी आँगन में चबूतरे के पास खड़े रहे, फिर कुर्सियों की तरफ़ बढ़ गये और एक कुर्सी पर बैठकर औरों की बातें सुनने लगे। बड़े पंडित साथ बैठे सज्जन की किसी धार्मिक जिज्ञासा का समाधान कर रहे थे। चर्चा के दौरान ही बड़े पंडित बोले, "ऐसा है कि तुलसीदास ने रामायण में यही तो कहा है कि भक्ति ही जीवन का सार है।"

फिर उन्होंने वर्मा जी की ओर देखा तो वर्मा जी ने मुस्कराकर शालीनता से

कहा, ''लेकिन पंडित जी, रामचरितमानस की विषयवस्तु के कई आयाम हैं। उसकी युग-सापेक्षता, समन्वय की भावना और मूल्य-चेतना।''

बड़े पंडित हड़बड़ा गये-''जी...जी...वो तो है।'' उनकी मुद्रा देखकर छोटे पंडित को मज़ा आ गया। आज मिला इनको सवा सेर। छोटे पंडित को हितोपदेश- की दीर्घमुख बगले की सुनाई कहानी याद आ गयी कि मूर्ख व्यक्ति को दिया गया उपदेश व्यर्थ जाता है।

बड़े पंडित के जिज्ञासु श्रद्धालु के चेहरे पर आदर-भाव चमका और उसने वर्मा जी से कहा, ''ज़रा समझाएँगे इस बात को।''

बस, फिर समझा दिया वर्मा जी ने। छोटे पंडित और रामप्यारे भी वहीं सिमट आए। वर्मा जी पन्द्रह मिनट तक धाराप्रवाह बोलते रहे। मानस, गीतावली, विनय पत्रिका और जाने कहाँ-कहाँ के प्रसंग बखान गये। भक्त गद्‌गद! बड़े पंडित हैरान। फिफियाते हुए जी...जी कहते रहे। फिर बात का पटाक्षेप करते हुए बोले, ''रामप्यारे, आरती की तैयारी करो।''

उठते-उठते भक्त के हाथ जोड़कर वर्मा जी से पूछा, ''सर, आप?''

''मैं अनिल वर्मा हूँ। यूनिवर्सिटी में प्रोफ़ेसर हूँ।''

बड़े पंडित ने मक्खन लगाया, ''बड़ा आनन्द आया आपकी बातों में।''

''हाँऽऽ पूरी क्लास ही ले डाली।''—श्रीमती वर्मा ने कहा जो आकर पीछे खड़ी हो गयी थीं।

''नहीं...नहीं...मैडम। बड़ा अच्छा लगा हमें। आप लोगों में बड़ा भक्ति भाव है।'' बड़े पंडित बोले।

''अरे भाई, भक्तिभाव इनके ज़िम्मे है।'', वर्मा जी ने कहा।

छोटे पंडित ने थोड़ी हिम्मत दिखाते हुए कहा, ''सर आपको कभी पूजा-पाठ करते नहीं देखा।''

''हाँ, मेरा विश्वास नहीं है पूजा-पाठ में।''

''आप निराकार ईश्वर को मानते होंगे।'' बड़े पंडित ने कहा।

''ना निराकार, ना साकार।'' वर्मा जी ने हँसकर कहा, ''मैं ईश्वर के अस्तित्व को नहीं मानता।''

''क्याऽऽ।'', बड़े पंडित और उनके भक्त का मुँह खुला रह गया— ''आप...आप यानी भगवान को मानते ही नहीं।''

''हाँ, इसमें आश्चर्य की क्या बात है। जैसे इन्हें पूजा-पाठ का अधिकार है वैसे मुझे भी अपने विश्वास के अनुसार जीने का हक़ है। खैर...छोड़िए इन बातों को। हाँ...ये ज़रूर बतला दूँ कि मैं घंटे की आवाज़ सुनने के लिए यहाँ आता हूँ।''

''जीऽऽ...घंटे की आवाज़ सुनने!''

''हाँ...मुझे वर्टिगो की थोड़ी प्रॉब्लम है। मैंने एक स्वास्थ्य सम्बन्धी पत्रिका में पढ़ा था कि घंटे की आवाज़ से कर्ण रोगों में फ़ायदा होता है।'' वर्मा जी हँसे और कुछ क्षणों के बाद बोले, ''वैसे आप लोगों को एतराज़ तो नहीं है?''

''अरे नहीं अंकल जी,'' बड़े पंडित ने फ़ौरन कहा, ''आप जैसा विद्वान यहाँ आए यह तो हमारा सौभाग्य है।''

...तभी से प्रोफ़ेसर वर्मा अंकल जी बन गये हैं।

और अंकल जी ने, रविवार को छोटे पंडित की व्यथा-कथा सुनकर उन्हें समझाया कि जब उन्हें अपने ही चचेरे भाई की तरफ़ से रोज़ी-रोटी पर खतरा नज़र आ रहा है तो अभी से उन्हें अपने भविष्य की चिन्ता करनी चाहिए।

''देखो भाई, आजकल छोटे-मोटे रोज़गार के लिए भी लाखों रुपए चाहिए, नौकरी तो वैसे भी मिलती नहीं। हर जगह वही रिश्वतख़ोरी और भ्रष्टाचार। बेहतर है कि तुम पुरोहिताई से ही कमाओ। वहाँ तुम्हें रिश्वत नहीं देनी है। वहाँ तो लोग भगवान को रिश्वत देते हैं। यह काम भी तो एक रोज़गार ही है।'' वर्मा जी ने छोटे पंडित को सलाह देते हुए पूछा, ''क्यों, क्या कहते हो तुम?''

छोटे पंडित ने कुछ संकोच के साथ कहा, ''मैं तो खुद इसे रोज़गार मानकर ही गाँव से शहर आया हूँ।''

''यह तो अच्छी बात है। इस धन्धे की पोलें तुम्हें मालूम हैं। पंडित, फिलहाल तुम इस पोल में घुस जाओ। देखो रोहित नगर के देवी मन्दिर के पुजारी और ट्रस्टी शिवमूर्ति शास्त्री से मेरा नाम लेकर मिलो। शायद कोई रास्ता निकले।''

छोटे पंडित शाम की आरती के बाद शिवमूर्ति शास्त्री से मिलने गये। मन में एक हीनताबोध था। कौन है? कैसे मिलेगा? क्या बोलेगा? तमाम सवाल मन में खलबली मचाए हुए थे। लेकिन शिवमूर्ति शास्त्री दोस्ताना ढंग से मिले। छोटे पंडित को अच्छा लगा। मन्दिर से ही लगा शास्त्री का घर था। शास्त्री ने मन्दिर से सेवादार को कुछ काम बतलाया और छोटे पंडित से कहा, ''आइए घर चलते हैं। चाय पीते हुए बातें करेंगे। प्रोफ़ेसर साहब ने मुझे फोन किया था।''

''आप अंकल जी को कब से जानते हैं?'' छोटे पंडित ने जानबूझकर 'अंकल' शब्द पर ज़ोर दिया। हितोपदेश में कहा गया है कि बड़ों का नाम लेने से काम सिद्ध हो जाता है।

''क़रीब दो साल से जानता हूँ। मेरे छोटे भाई के प्रोफ़ेसर रहे हैं वो। उनकी कृपा रही है।'' शास्त्री ने आदरभाव से कहा, फिर पूछा, ''आप तो रायगढ़ तरफ़ के हैं। उड़िया भाषा तो थोड़ी-बहुत समझते होंगे?''

''समझता हूँ और बोलता भी हूँ।''

''आप वहीं के हैं...या...'' शास्त्री ने छोटे पंडित की ओर देखा।

"हम लोग यू.पी. के हैं। हमारे दादा को इसी तरफ़ के एक बड़े ज़मींदार राय बहादुर वीरभान सिंह के मैनेजर एक यज्ञ करवाने के लिए बुला लाए थे। यज्ञ के बाद उन्हें दक्षिणा में पाँच गाँव मिले। तब से वे यहीं बस गये।"

शास्त्री ने उनके चेहरे को ग़ौर से देखते हुए कहा, "आप लोगों की तो अच्छी खासी जायदाद होनी चाहिए।"

"कभी थी।" छोटे पंडित ने सकुचाते हुए कहा, "अब बिक गयी। दादा ज़मींदार के मैनेजर की संगत में पड़ गये। उन्हें हर तरह के शौक़ लग गये।"

शास्त्री ने मज़ा लेते हुए पूछा, "यानी राजसी खान-पान?"

"हाँ...उससे भी आगे। शिकार...और भी कई। हमारे पिता को शौक़ विरासत में मिले और संगत भी।"

"अरे भैया, आप तो खानदानी निकले। पिताज़ी हैं?" शास्त्री ने पूछा।

"नहीं, उनकी मौत जल्दी हो गयी। मरने से पहले सब कुछ उड़ा दिया। ग़नीमत है कि एक घर और थोड़ी-सी खेती बची है।" छोटे पंडित ने आँखें नीचे किए हुए कहा।

छोटे पंडित के लज्जित चेहरे को देखकर शास्त्री ने कहा, "शर्मा जी, इसमें शरमाने की क्या बात है। बड़ा आदमी तो बड़ा आदमी होता है। तबियत में राजसी गुण हो तो ठाकुर हो या ब्राह्मण, कोई फ़र्क़ नहीं होता।"

छोटे पंडित आनन्दित हुए। लम्बे अर्से के बाद उनके लिए किसी ने कोई अच्छी बात कही थी, भले ही बाप-दादों के बहाने। शास्त्री से मिलने के बाद वे पहली बार मुस्कराये। परीक्षा में पास होने जैसा मज़ा आया।

कुछ देर बातें करके ही छोटे पंडित की समझ में आ गया कि शास्त्री तो बड़े पंडित के भी कान काट सकते हैं। बातें तो यूँ करते हैं कि एक जेब में मन्त्रिमंडल है और दूसरे में सचिवालय। छोटे पंडित को तो बाद में, धीरे-धीरे मालूम हुआ था कि आदमी केवल हाँकता नहीं है। शास्त्री तान्त्रिक क्रियाओं का जानकार भी है। पाँच मन्त्रियों के रहस्यों का जानकार जिनके यहाँ तन्त्र-मन्त्र की लीलाएँ रचते हैं। ख़ास तिथियों में ख़ास मुहूर्त पर। एकाध पूजा तो आधी रात को सम्पन्न कराई जाती है। उनकी तान्त्रिक पूजा के प्रभाव से तीन स्त्रियाँ सन्तानवती हुई थीं। एक केन्द्रीय मन्त्री के ख़ासमख़ास तान्त्रिक स्वामी से भी उनकी मैत्री है जो नवदुर्गा के समय मन्त्र सिद्धि की कामना से महामाया मन्दिर में पूजा करने के लिए आते हैं।

कुल जमा शास्त्री से भेंट छोटे पंडित के लिए वरदान साबित हुई। उन्हें लगा कि शुभ मुहूर्त में घर से निकलने का सुफल मिला। बड़े पंडित को उन्होंने अपनी योजना की भनक भी नहीं लगने दी। हितोपदेश में नारायण पंडित ने कहा भी है कि संकट के समय जो उपाय करता है वह बुद्धिमान होता है। सो, छोटे पंडित ने उपाय

से बात साधी। उन्होंने बड़े पंडित से सप्ताह-भर के लिए गाँव जाने की इजाज़त माँगी। फिर वे गये सो गये। लौटकर साईं मन्दिर नहीं आये। जाने से पहले डेरा डंडा उठा लिया था। अकेले राम की गृहस्थी ही क्या। खटिया-बिस्तर, बाल्टी, लोटा, गिलास, गंजी, प्रेशर कुकर, इंडक्शन चूल्हा और तम्बाकू-चूना की डिब्बी। दो किताबें—एक हितोपदेश और दूसरी एक सचित्र किताब जो कई अकेले रहनेवालों के पास गुप्त धन की तरह होती है।

बड़े पंडित राह तकते रह गये। शास्त्री की सहायता से छोटे पंडित ने होशंगाबाद रोड पर दानिश कुंज कॉलोनी के जगन्नाथ मन्दिर में पुजारी का पद सँभाल लिया। मन्दिर-परिसर में ही बने पुजारी आवास में गृहस्थी जमा ली। सब कुछ ठीक-ठाक करने के बाद उन्होंने बड़े पंडित को फोन किया। बड़े पंडित कुछ देर तक चुपचाप सुनते रहे। हितोपदेश तो उन्होंने भी पढ़ी थी, अतः समझाने की कोशिश की कि कल्याणकारी हितैषी की सलाह जो नहीं मानता उसका जीवन नष्ट हो जाता है। जब ज्ञान-प्रक्षेपण काम नहीं आया तो क्रोध भभका...साले, धोखेबाज़... एहसान फ़रामोश वगैरह...तुम पर भरोसा करके काम दिलवाया...यानी कि क्या कहते हैं अब तुरन्त किस उल्लू के पट्ठे को यहाँ का काम सौंपू...वगैरह...तुझे करनी का फल मिलेगा...यानी कि...अब अपना मुँह मत दिखलाना...वगैरह...।

पहली फ़ुरसत में छोटे पंडित शास्त्री से मिलने पहुँचे तो उनके चेहरे को ग़ौर से देखकर शास्त्री ने पूछा, ''शर्मा जी, सब ठीक तो है? कोई तकलीफ़ तो नहीं है?''

''जी...कोई कष्ट नहीं है। सब बढ़िया है।'' छोटे पंडित ने कहा।

शास्त्री ने छोटे पंडित को आदर से बैठाया, चाय पिलायी फिर अपनापन जताते हुए उनके मलिन मुख का कारण पूछा। छोटे पंडित ने भाई साहब के साथ हुई फोन वार्ता और उसकी पृष्ठभूमि के विषय में बतलाया। शास्त्री ने सान्त्वना देते हुए कहा, ''शर्मा जी, भौतिक आवश्यकताओं की उपेक्षा करने से तो धर्म भी नहीं सधता। आपके भाई साहब अपना उल्लू सीधा कर रहे हैं ना। आत्मग्लानि त्यागिये। आपके भाई साहब जैसे कमाई-धमाई में लगे हैं वैसे आप भी लगिये।''

छोटे पंडित ने सिर हिलाया और धीरे से कहा, ''हाँऽऽ सो तो ठीक है। बस, यही लगता है कभी-कभी कि उन्हें पहले से बता देना था शायद।''

''शर्मा जी, इस अपराबोध से बाहर आइए और अब एक स्वतन्त्र जीवन का आनन्द लीजिये। चलिए आज मैं आपको पिज्जा खिलाता हूँ। पेप्सी, कोक वगैरह तो पीते हैं ना।''

पिज्जा हट में पहली बार बैठकर छोटे पंडित को अच्छा लगा। शास्त्री ने अच्छे प्रशिक्षक की तरह उन्हें खान-पान के तरीक़े और गुर सिखाते हुए छोटे पंडित

के मन के बन्द किवाड़ कुछ तो खुलवा ही लिये। भीतर झाँकने लायक़। पेप्सी पीते हुए छोटे पंडित की गृहस्थी का हाल-चाल लिया। यह जानकर कि परिवार लाना अभी सम्भव नहीं है, मुस्कराते हुए मज़ाक़ जैसा किया, ''यह तो बड़ी परेशानी है शर्मा जी। आपके हृदय में श्रृंगार रस सुप्त भाव में ही पड़ा रहता है या उसमें कुछ संचारी-व्यभिचारी भाव भी तरंगें मारते हैं?''

छोटे पंडित पहले शरमाए, फिर झिझके, फिर लजाई मुस्कान उनके होंठों पर आयी पर चुप रहे। लेकिन शास्त्री ठहरे खिलाड़ी। कुछ देर की छुआ-छुअव्वल के बाद छोटे पंडित ने मान लिया कि शय्या-सुख के लिए मन ललचाता तो है पर क्या करें।

क्या करें! अरे भैया, धर्म-कर्म में हर चीज़ की गुंजाइश है। कितने ही टोने-टोटके हैं...दो-तीन तन्त्र-मन्त्र तो मैं ही सिखा दूँगा भैया। आश्रमों के बाबाओं के मज़े देखो। बस, सावधानी रखनी होती है वरना उनकी तरह जेल में सड़ो भैया।

छोटे पंडित को यह मुलाक़ात फली। वे आत्मग्लानि से मुक्त हुए। जीवन के रहस्य समझ में आये। ज्ञान को व्यावहारिकता में ढाला। प्रसन्न भये।

कुछ दिनों के बाद जब शास्त्री से उनकी मुलाक़ात हुई तब उनके चेहरे पर चिकनाई थी और आत्मविश्वास भी। हेयर स्टाइल बदल गया था। चोटी प्रतीकात्मक थी। बढ़िया कपड़ों में खिल रहे थे। शास्त्री ने पूछा, ''अच्छे हैं? परिवार ले आये?''

छोटे पंडित मुस्काए। कहा, ''नहीं, अभी नहीं लाए। सुविधा देखकर ले आएँगे। जल्दी क्या है।''

शास्त्री ने मुंडी हिलाते हुए उन्हें गूढ़ नज़रों से देखा तो छोटे पंडित कुछ शरमाए फिर आँखें नीची करके मुस्कराते हुए बोले, ''चलिये, आज हम आपको छप्पन भोग में रसमलाई खिलाते हैं।''

●

थाने के नगाड़े

द्वितीय विश्वयुद्ध की समाप्ति के समय मित्र राष्ट्रों की फौजें हिटलर द्वारा बनाए गये कॉन्सेनट्रेशन कैम्प में प्रविष्ट हुईं तो उन्हें समझ में आया कि दरअसल वे यातना शिविर थे। एक कैम्प के कर्नल के घर में फौजियों को आदमी की चमड़ी से बना एक खूबसूरत लैम्प शेड मिला। कर्नल की कलाप्रेमी पत्नी ने उसे बनाया था।

कभी-कभी दाल-भात चुरने की प्रतीक्षा में कहानी सुनाई जाती है। जब कहानी खत्म होती है तो कई किस्साग़ो कहते हैं दाल-भात चुरगे, मोर कहानी पूरगे।

मतलब हुआ कि कहानी कभी भोजन करने की प्रतीक्षा में कुछ सार्थक कहने-सुनने का साधन भी है। आख़िर भूख-प्यास, प्यार-नफ़रत, दोस्ती-दुश्मनी जीवन के इन्हीं सत्यों के आसपास कहानी घूमती है। इनसे ही तो आदमी के सन्बन्ध बनते बिगड़ते हैं। ज़िन्दगी का सत्य अगले को सौंपने के लिए ही तो क़िस्सा है। इसलिए हुँकारी भरनेवाला भी ज़रूरी है। कोई गवाह हो तो किस्सा, वर्ना गप्प।

गुज़रे वक़्त का गुणाढ्य हो या आज का कथाकार कुछ सुनाने के लिए ही तो कुछ कहता है। अपने समय का बहुत बड़ा कथाकार या गुणाढ्य जिसने हज़ारों कहानियाँ लिखीं और एक महा ग्रन्थ रच डाला। उसे उम्मीद थी कि देश का राजा उसकी रचनाधर्मिता का सम्मान करेगा। मगर राजा तो राजा। झक्की और अहंकारी ही रहा होगा। कोई भी ज़माना हो सत्ता के मद से किसका सिर नहीं फिर जाता। उसने कथाकार का सम्मान नहीं किया। राजा को यह भी लगा होगा कि यह उजबक बन्दा देवभाषा संस्कृत में ना लिखकर पैशाची भाषा में ग्रन्थ लिख लाया।

कथाकार के मन में ठेस लगी तो वह नगर छोड़कर जंगल चला गया। उसने आग जलायी और अपनी कहानियों का पाठ करने लगा। जंगल के पशु-पक्षी उसके आसपास इकट्ठे हो गये और कहानी सुनने लगे। गुणाढ्य कहानी पढ़ता जाता और एक-एक पृष्ठ आग में जलाता जाता। पशु-पक्षी मुग्ध। आदमी ने क़द्र नहीं की

लेकिन कहानी तो पूरी सृष्टि के लिए होती है।

कहते हैं कि किसी सयाने ने राजा को समझाया कि लेखक के ग्रन्थ के नष्ट होने से राज्य का अनिष्ट होगा। तब राजा ने कथाकार को बुलाकर उसका सम्मान किया। और भी बहुत कुछ हुआ होगा। मुझे तो यह सोचकर अच्छा लगता है कि मनुष्य तो मनुष्य, पशु-पक्षी भी कहानी सुनकर मुग्ध हो गये। यह जानकर भी अच्छा लगता है कि माना जाता है कि विद्वान की अवमानना से राज्य का अनिष्ट होता है। वर्ना तो सुनते हैं कि कुछ राज्यों में तो विदूषक ही विद्वान माने जाते हैं।

किस्सागो की एक समस्या यह है कि क़िस्से के सच का गवाह वह किसे बनाये। सबसे आसान है भगवान की कसम खा लेना। हमारे एक बुजुर्ग का कहना है कि अदालतों में तो भगवान हाज़िर नाज़िर है लेकिन वहाँ झूठ स्वर्णमुद्रा की तरह चलन में है। उन्होंने संन्यासियों, पुजारियों, प्रवचनकर्ताओं, वकीलों, डॉक्टरों और हाट बाज़ारों की अनुमानित संख्या के आधार पर गुणा-भाग करके बतलाया कि उनके शहर में ही भगवान की आड़ में हर मिनट पर पच्चीस हज़ार आठ सौ चालीस बार झूठ बोला जाता है।

शायद गुज़रे ज़माने के लोग इसे जानते थे इसीलिए बड़ी प्रतिज्ञा करने पर वे धरती, आकाश, अग्नि, नदी, पर्वत को साक्षी बनाते थे, तो मैं भी अपने क़िस्से की सच्चाई के लिए बहूमारा गाँव के अँधियारखोप तालाब, उसके पार के वटवृक्ष, आसपास की अमराई, सूर्य और चन्द्रमा को अपना गवाह बनाता हूँ। विश्वास है कि कभी ज़रूरत पड़ी तो ये झूठ नहीं बोलेंगे।

तो...ऐसे-ऐसे उस गाँव का नाम था बहूमारा। लोग बतलाते हैं कि पहले गाँव का नाम कुछ और था। बहुत पुराने सरकारी कागज़ात देखने से शायद मालूम हो सके कि उसका पुराना नाम क्या था। हो सकता है कि जब कनिंघम भारत के पुरातात्विक सर्वेक्षण के सिलसिले में इस इलाक़े में आया था, तब उसे उस समय के नाम का पता रहा हो।

आना मुच्छड़ थानेदार का और कहानी सुनाना कांस्टेबल का

वह नवदुर्गा का समय था। क्वार के महीने के शुक्ल पक्ष की षष्ठी का दिन था। संयोगवश उसी दिन गाँधी जयन्ती थी और ऊपर से रविवार। नौकरीपेशा लोगों को लगा था कि काश आज रविवार ना होकर सोमवार होता तो गाँधी जी के अवतरण का कुछ लाभ उन्हें भी मिल जाता।

उसी दिन बहूमारा के थानेदार मंगलमूर्ति शर्मा ने कुर्सी सँभाली।

कुर्सी पर विराजते ही हवलदार से उन्हें पहली खबर यह मिली कि गाँव में दुर्गा की स्थापना की गयी है। थानेदार शर्मा ने कहा, ''भई, मैं तो धार्मिक आदमी

हूँ। पहले देवी के दर्शन करूँगा फिर बाक़ायदा चार्ज लूँगा।''

थानेदार देवी मंडप में पहुँचे। उसके पहले कांस्टेबल साहू ने पंडाल पहुँचकर लोगों को बतला दिया था कि थानेदार साहब श्री मंगलमूर्ति शर्मा चार्ज लेने के पहले देवी दर्शन के लिए आनेवाले हैं। इन्तज़ाम अली क़िस्म के लोग तुरन्त सक्रिय हो गये। पूजा करानेवाले पंडित शुक्ला जी को बुला लिया गया और हर महत्त्वपूर्ण समझी जानेवाली हलचल के स्थान पर गाँव में मान्यताप्राप्त गाँधीवादी सोनी जी की अनिवार्य उपस्थिति मानी जाती थी तो उन्हें भी खबर दे दी गयी जो गाँधी टोपी पहनकर तुरन्त आ गये।

पंडित जी ने तश्तरी में अक्षत चन्दन रखा और मौलीधागा भी तैयार कर लिया। वे मन-ही-मन आशीर्वचन के दो-चार श्लोक याद कर ही रहे थे कि थानेदार की मोटरसाइकिल धड़धड़ाती पहुँच गयी।

लोगों ने झुक-झुककर नमस्कार किया लेकिन उन्हें लगा कि देवी दर्शन के लिए साक्षात महिषासुर आ गया है। पंडाल में खड़े एक लड़के ने फुसफुसा कर अपने दोस्त से कहा—रक्सा बरोबर दिखत है।

थानेदार ने देवी जी की पूजा की। पंडित जी ने श्लोक पढ़ते हुए थानेदार के माथे पर तिलक लगाया और उनकी कलाई पर रक्षासूत्र बाँधा। सोनी जी ने गद्गद कंठ से कहा कि बड़े ही शुभदिन थानेदार साहब का आगमन हुआ है। अवश्य ही गाँव का कल्याण होगा। थानेदार ने इस सदाशयता पर कोई प्रतिक्रिया व्यक्त किए बिना सोनी जी को बस, घूरकर देखा। उनकी आँखों के तेज़ ने सोनी जी को हतप्रभ कर दिया और वे अचकचाकर इधर-उधर देखने लगे।

थानेदार जैसे आए थे वैसे ही शाही अन्दाज़ से चले गये। उनके जाने के बाद वहाँ उपस्थित गाँववालों की राय बनी कि मंगलमूर्ति नाम तो उस पर फबता ही नहीं। इसका नाम तो घटोत्कच या नरकासुर होना चाहिए था। थोड़े-मोड़े विमर्श के बाद 'मुच्छड़' नाम पर सहमति बनी। सोनी जी का मत था कि इस नाम में निन्दा और हिंसा भाव नहीं है।

इंस्पेक्टर शर्मा यूँ तो प्रचलित कैलेंडर के हिसाब से इक्कीसवीं सदी के पाँचवें वर्ष में महीने की आठवीं तारीख को बहूमारा थाने का चार्ज लेने आए थे लेकिन उन्हें देखकर लोगों को लगा कि वे चौथी या पाँचवीं सदी के किसी पुराण के पन्नों से निकलकर पधारे हैं। कड़कड़ाती वर्दी में कसे-बसे जब वे चलते तो लगता कि दुर्योधन की सेना का कोई नायक सीधा कुरुक्षेत्र से चला आ रहा है।

छह फुटा शरीर, गदबदा इतना कि देखनेवाले को लगता कि किसी भी क्षण वह वर्दी फाड़कर बाहर निक़ल आएगा। ग़ौर वर्ण और चेहरे की चिकनाई में पुलिस विभाग की नौकरी के मक्खन का तेज़ फूट-फूटकर बाहर निकलता हुआ। लगता

कि उनकी दो इंच तीन सेंटीमीटर की मूँछों के एक छोर पर मनु महाराज बैठे हैं और दूसरे छोर पर विभाग की रायफल टंगी है। बहूमारा गाँव के लोगों ने देखा कि उनके माथे पर चन्दन का तिलक नियम से शोभायमान होता था जो उनकी सरकारी कैप के रोब–दाब को और बढ़ा देता।

गाँव के शिक्षक पटेल जी का कहना था कि यह सत्ता और धर्म का अद्भुत संयोग है। उन्होंने बतलाया कि बहुत पुराने समय से ही हमारे महान देश का यह आज़माया हुआ राजनीतिक गठबन्धन है।

पटेल जी की बात गाँव में ज़ोर–शोर से फैली और खिंचती हुई थाने तक भी पहुँची। सिपाही के मुँह से यह बात सुनकर मुच्छड़ थानेदार ने ज़ोरदार ठहाका लगाया। ठहाका ऐसा कि खिड़की पर बैठी हुई गौरैया उड़ गयी। लेकिन हँसते–हँसते थानेदार एकदम गम्भीर हो गया तो सिपाही घबरा गया।

थानेदार ने सिपाही को घूरकर देखा और घुरघुराते स्वर से पूछा—"कहीं वो भोसड़ी का हमारा मज़ाक़ तो नहीं उड़ा रहा था?"

"ये पता नहीं सर, पर गाँववाले मज़ा लेते हैं।" सिपाही ने चेथी सहलाते हुए कहा।

"हूँ", थानेदार ने हुँकार जैसी भरी और कुर्सी से टिककर मूँछों पर दस बजकर दस मिनट का समय फिक्स करने लगे।

कुछ देर चुप रहने के बाद, बिगड़ते हुए मूड को ठीक करने के लिए थानेदार ने स्पेशल बादामी चाय मँगवाकर पी और कांस्टेबल साहू को पुकारकर कहा, "साहू, परसों तुम बोल रहे थे कि इस गाँव के नाम के पीछे एक कहानी है। सुना डालो आज।"

कहानी जो सुनाई कांस्टेबल साहू ने

काफ़ी पुरानी बात है। शायद सौ बरस पहले की, जब गाँव के पुराने नाम पर धुन्ध पड़ने लगी थी। तब बहूमारा जैसे छोटे गाँव में बारह तालाब थे और उनका पानी इतना साफ़ होता था कि तलहटी के पत्थर दिखलाई देते थे। अँधियारखोप तालाब के पार पर बरगद के पेड़ के नीचे चबूतरे पर बिराजते थे बट महादेव। वह मढिया गाँव की सबसे पवित्र जगह मानी जाती थी। उसी तालाब के पानी में दाल सबसे अच्छी पकती थी। अब जबकि बोतल बन्द पानी की शुद्धता का भी भरोसा नहीं है, तब लोगों के लिए यह भरोसा करना कितना कठिन है कि तालाब का पानी भी पिया जाता था। अँधियारखोप तालाब और लोधी कुँआ के पानी में ही गाँव भर की दाल चुरती। पिपरिया गाँव की दाल और बहूमारा गाँव के तालाब के पानी के संयोग से ही इलाक़े की सबसे सोंधी दाल बना करती थी।

उसी तालाब से लगा हुआ था गोड़धोवा तालाब। गाँव आनेवाला आदमी पहले गोड़धोवा तालाब में हाथ-पाँव धोता, बट महादेव के सामने माथा झुकाता फिर गाँव में प्रवेश करता। गाँव आनेवाली बारातों की परघौनी भी यहीं होती।

यूँ तो सयाने लोग कहते हैं कि नाम में क्या रखा है पर कभी-कभी नाम में जीवन की सच्चाई छिपी होती है और सच्चाई कई बार आदमी की नादानियों और त्रासदी से जुड़ी होती है। बहूमारा गाँव के नाम के साथ यही हुआ।

बात उस समय की है जब गाँव का नाम कुछ और था। गाँव में अधेड़ उम्र का किसान था रामनारायण पटेल। घर में तीन ही प्राणी। पति-पत्नी और लड़का। घर का बुजुर्ग वही था। अपनी खेती-बाड़ी और घर-बार में रचा-बसा नियमित पूजा-पाठ और पंडित जी के द्वारा बतलाए अनुष्ठानों के प्रति आस्था रखनेवाला, कुल मिलाकर गाँववालों की नज़रों में एक भला आदमी। बस, तालाब में नहाती औरतों को कभी-कभार कनखियों से देख भर लेता था। पर, इतना तो चलता है। जैसे उपवास में फलाहार को दोष नहीं माना जाता, बस उसी तरह।

उस भले आदमी का जवान बेटा देवी परसाद भी भला आदमी था। निकलता हुआ क़द, गेंहुआँ रंग, गठीला बदन, बदन पर धोती-कुरता, कानों में बालियाँ, कन्धे पर गमछा, खेती-बाड़ी में बाप की मदद करता। गिल्ली-डंडा और कबड्डी के खेल में माहिर, खेत-खलिहान में काम करते समय ददरिया गाता-तैं चिरई बनजा राजा, मैं उड़त हौ छछंगा, चिरई बन जा।

अब सोचने की बात कि उसके जैसा गबरू जवान किसी को इस तरह पुकारे कि मैं आसमान में स्वच्छन्द उड़ रहा हूँ, तुम पंछी बनकर आ जाओ तो वह पुकार कब तक अनसुनी रह जाएगी।

लोग बतलाते हैं कि एक बार जब वह नाँगर चला रहा था तभी दो खेत पार से कउहा पेड़ के पीछे से खनखनाती ज़नानी आवाज़ में किसी ने ददरिया छेड़ा-नाँगर जोते दबाए नई रे। तोर देय रे खुरौरी चबाए नइरे।

देवी परसाद ने बहुत ताक-झाँक की लेकिन गानेवाली को देख नहीं पाया। केवल लाल लुगड़ा की झलक भर दिखलाई दी।

बस, यहीं गड़बड़ हो गयी। सुन्दरता आमने-सामने जितना खींचती है उससे कहीं ज़्यादा वह परदे के पीछे छिपकर अपनी तरफ़ खींचती है।

इसके बाद तो देवी परसाद परेशान। कभी कुएँ के पास से गुज़रता तो कोई जान बूझकर पैरी बजाती और धीमे से हँसती। कभी गोधूलि बेला में, तालाब की तरफ़ जाते हुए कोई जानबूझकर चूड़ियाँ बजाकर ध्यान खींचती।

यूँ, देवी परसाद किसी लुका-छिपी देवी की मोहनी का शिकार हो गया। रात जब उसकी आँख लगती, सपने में पैरी, पैंजन और चूड़ियों की मिली-जुली आवाज़ें

गूँजने लगतीं। रात को बिस्तर पर लेटते ही गहरी नींद में सो जानेवाले देवी परसाद की नींद बार-बार टूटती। देवी परसाद परेशान। किसान रात को गहरी नींद नहीं लेगा तो काम कैसे करेगा।

शरमाते हुए उसने दोस्तों को अपनी परेशानी बतलायी। पहले तो दोस्तों ने उसका खूब मज़ाक़ बनाया फिर ज़िम्मेदारी ली कि वे उसे ढूँढ निकालेंगे जिसने उसकी नींद उड़ा दी है।

दोस्तों ने बहनों-भौजाइयों की आपसी जासूसी करके पता लगा ही लिया कि देवी परसाद की नींद उड़ानेवाली थी कौसीला। उठती जवानी, गोरी देह, भूरी आँखें और खूब लम्बे बालोंवाली वह लड़की अक्सर अपने बालों का खोपा बनाकर उसमें गेंदे का फूल लगाती थी। उसी की पैरी, पैंजन और चूड़ियाँ बजती थीं। बजती क्या थीं, वह देवी परसाद को देखकर बजाती थी। दोस्तों ने कहा मज़ा मार ले यार। अपन तरफ़ ले न्यौता देवत हैं। तरिया पार बुला लेबे। तोर तो लाटरी लग गे। गाँव के सबसे बढ़िया माल पाए हस।

देवी परसाद ने उसे तरिया पार बुलाया ज़रूर लेकिन कौसीला को उसने माल नहीं समझा। लोग कहते हैं कि दोनों प्रेम में पगला गये थे। जाति आड़े आ रही थी फिर भी देवी परसाद ने कौसीला को उढ़रिया भगाकर ब्याह कर लिया।

फिर क्या था। हड़कम्प मच गया। बुजुर्गों ने कहा—मर्यादा टूट रही है। आन जाति में शादी! जाति की पंचायत बैठी और तय किया गया कि रामनारायण पटेल डाँड भरे या जाति से बाहर हो।

रामनारायण था तो बेटे से बेहद नाराज़ लेकिन इकलौते बेटे का मोह। डाँड भर दी। पूरी जाति को भात खिलाना पड़ा। पर उसका असली गुस्सा तो था बहू पर। वह मानता था कि ऐसे मामलों में औरत ही आदमी को बहकाती है।

गाँव के पंडित जी ने भी उसे यही कहकर दिलासा दिया था कि तुम्हारा बेटा तो हीरा है। उसे तो बहकाया है लौंडिया ने...ज़रूर जादू-मन्तर किया होगा। वर्ना इतना अच्छा लड़का हाथ से निक़ल जाता कि लौंडिया को भगाकर ब्याह कर लेता। अरे भाई, मौज-मस्ती कर लेता, किसी ने रोका था? क्या, कि नईं, अरे जवानी में तो तुमने और मैंने भी मज़ा किया है। क्या, कि नईं। ऊँच-नीच भी हुई है तो उसको भी निपटाया है। क्या, कि नईं।

पंडित ने कहा और रामनारायण ने गुना लेकिन शान्ति बनी रही।

एक दिन गाँववालों ने सुना कि रामनारायण पटेल की बहू घर के आँगन के कुँए से पानी भर रही थी कि उसका पैर फिसला और वह कुँए में गिर गयी। उस समय घर में ना तो देवी परसाद था और ना उसकी माँ। रामनारायण पटेल ने बतलाया कि वो चोंगी का तम्बाकू लेने घर से थोड़ी देर के लिए बाहर गया था। लौटकर उसने

देखा कि...

बहू के मरने पर सबसे ज़्यादा वही रोया।

पर पता नहीं कैसे गाँव में खुसुर-पुसुर होते-होते यह बात फैली कि बहू को तो रामनारायण ने ही धक्का देकर कुँए में गिराया था।

तब ना टेलीफोन, ना एस.एम.एस, पर गाँव की औरतों ने घूम-घूमकर इस बात को फैलाया। किसी ने साफ़ कुछ नहीं कहा लेकिन आधा वाक्य बोलकर इशारा करके चुप हो जाने से ही सच्चाई पर पक्की मुहर लगती है। इसे गाँववाले युगों से मानते रहे हैं।

गाँव की बेटियाँ शादी के बाद आसपास के गाँवों में बहुएँ बनकर गयीं और गाँव की बहुएँ तीजा-पोरा मनाने मायके जाती रहीं। कुछ सालों के बाद लोगों के बीच गाँव का नाम 'बहूमारा' ही पड़ गया।

"लेकिन रामनारायण पटेल का क्या हुआ?" मुच्छड़ थानेदार ने असीम जिज्ञासा के साथ पूछा।

"ये तो पता नहीं साब, बहुत पुरानी बात है। गाँव के नाम का क़िस्सा है, कांस्टेबल साहू ने कहा।

हूँ लेकिन ये तो 302 का केस बनता है। तुमने चूतिए साले, असली बात तो पता ही नहीं की।" थानेदार ने मूँछों पर हाथ फेरकर कहा।

मिलना मुच्छड़ थानेदार से लेड़गा पंडित और लामकलेड़ी ठाकुर का

बहूमारा गाँव के विशिष्ट नागरिक पंडित रामनारायण शुक्ला और ठाकुर इकबाल सिंह लगभग नियम की तरह, शाम छह बजे लगभग दोस्त बन चुके मुच्छड़ थानेदार से मिलने बहूमारा थाने के भवन पहुँचे। थानेदार बरामदे में कुर्सी-टेबल लगवाकर बैठे थे और उनकी मूँछों पर दस बजकर दस मिनट का स्थायी समय था। कांस्टेबल साहू का ताज़ा जोक यही था कि हमारे साहब का चेहरा बिगड़ी हुई घड़ी जैसा है।

मुच्छड़ थानेदार अपने दोनों प्यादों को देखकर लगभग खुश जैसे कुछ हो गये।

गाँव के इन दोनों महानुभावों के नाम उनके माँ-बाप ने काफ़ी सोच-समझकर, शौक़ से और पंडित जी से कुंडली बनवाकर रखे थे। लेकिन गाँववालों के बीच उन्हें लेड़गा पंडित और लामकलेड़ी ठाकुर कहा—सुना जाता है। अब इसे कोई क्या करेगा कि यह तो ठेठ देशी परम्परा है जिसका पालन गाँवों में आज तक होता है। कोई पूछे कि लेड़गा यानी क्या और लामकलेड़ी का मतलब क्या होता है? तो बतलाना मुश्किल होता है। तो, लोग कह देते हैं कि भई लेड़गा याने लेड़गा और लामकलेड़ी याने रामकलेड़ी। ये नाम उनकी पीठ पीछे चलते हैं। आमने-सामने तो लोग इज़्ज़त देते हुए पंडित जी और दाऊ जी बोलते हैं।

पंडित रामशरण शुक्ला बहूमारा गाँव के हायर सैकेंडरी स्कूल के व्याख्याता पद पर यूँ जमे कि गंजेड़ी पान ठेलेवाले खण्डू के शब्दों में आइसक्रीम भी नहीं जमती। कभी-कभार तबादला हुआ भी तो साहबों को घूस और आशीर्वाद की कॉकटेल की डोज देकर फिर वापस आ गये।

अपने अनुभव से उन्होंने जाना कि चन्दन चर्चित माथा, चोटी और संस्कृत के श्लोक बड़े काम की चीज़ हैं। ऊपर से उत्तर प्रदेशीय ब्राह्मणत्व का तड़का, छत्तीसगढ़ के सीधे-साधे लोगों के गाँव में उन्होंने जो पाया उसकी कल्पना पश्चिमी उत्तर-प्रदेश के अपने गाँव में पाने की कल्पना भी वे नहीं कर सकते। थोड़ी-सी ज़मीन के लिए लठ्ठबाज़ी करके सिर फोड़ने के लिए तैयार बैठे रिश्तेदारों के बीच वापस लौटने की कल्पना से ही उनके रोंगटे खड़े हो जाते थे। तो, उन्होंने गाँव पर एहसान लादते हुए वहीं घर बनवा लिया। लोगों से कहा कि देश में तो बड़ी जायदाद है-बड़ा घर, खेती-बाड़ी, ट्रैक्टर वगैरह लेकिन उन्हें तो इसी गाँव की मिट्टी से प्यार हो गया है। इसलिए सब कुछ भाई-भतीजों को देकर वे यहीं रहेंगे।

पंडिताइन गाँव की औरतों को बतलाती कि उनके देश में नेम-धरम है। औरतें अपने आदमी के मरने के बाद स्त्री धर्म का निर्वाह करती हैं। यहाँ तो दूसरे मर्द से चूड़ी पहन लेती हैं। एक मर्द को छोड़कर दूसरा मर्द कर लेती हैं। हमारे देश में तो आदमी लात-जूते मारे या मार भी डाले तब भी औरतें पतिव्रत धर्म का पालन करती हैं।

अरे भई, हमारे यहाँ ए बड़े पपीते होते हैं। और ए बड़े-बड़े चीकू। यहाँ तो कुछ मिलता ही नहीं।

अरे भई, वहाँ का दूध और खोए की मिठाई आ हा हा! गायें भी तो वहाँ हट्टी-कट्टी होती हैं। एक-एक गाय इतना-इतना दूध देती है।

औरतें ठौंका बात...बाई ठौका बात कहते हुए सुनती पर इसका क्या कर सकते हैं कि एकाध तो अक़्ल से पैदल होती है। सो, काम करनेवाली रौताइन ने एक दिन सभी के सामने पूछ लिया—बाई, उहाँ नौकरी चाकरी नईं मिले का? अतेक बढ़िया जगह ला छोड़ के पंडित जी इहाँ काबर आ गे होही?

बाई जी सट्ट। फिफियाते हुए ज्ञानदान दिया।

-अब जिसका अन्न जल जहाँ बदा होता है वहीं...

गौ-ब्राह्मण के महात्म का बखान करनेवाले पंडित जी के आदर में थोड़ी-सी कमी तब आयी थी, जब उनके बड़े बेटे ने शहर में अन्तर्जातीय विवाह कर लिया था। पंडित जी कुछ दिनों तक दीन-हीन से रहे। थोड़े सिकुड़कर चले। लड़के-बहू को गाँव ना आने का निर्देश दिया।

धीरे-धीरे उन्होंने बतलाना शुरू किया कि बहू गुणवती है। संस्कारी है,

नौकरी करती है, नौ हज़ार कमाती है। फिर उन्हें यह भी ध्यान आया कि शास्त्रों में विधान है कि ब्राह्मण अन्य सभी वर्णों की स्त्रियों से विवाह कर सकता है। व्यवस्था यह है कि उच्च वर्ण का पुरुष अपने से निम्न वर्ण की स्त्री से विवाह कर सकता है।

उन्होंने लोगों को बतलाया कि मनुस्मृति में इसका प्रावधान है।

तो यह तो वर्ण उद्धार हुआ न। ब्राह्मण पति से उत्पन्न सन्तान ब्राह्मण होगी। इस तरह वैश्य स्त्री से ब्राह्मण पुत्र का जन्म समाज का उत्थान हुआ ना।

लोग क्या कहते?

का बोलते यार, लेड़गा पंडित त आय। लेड़गा मतलब लेड़गा...लोगों ने कहा।

ठाकुर इक़बाल सिंह के पूर्वज पधारे थे पूर्वी उत्तर प्रदेश से। उनके दादा बहूमारा गाँव के क़रीब की ज़मींदारी में लठैत होकर आए थे। जिस दाऊ के यहाँ मुलाज़िम हुए वो भी पूर्व ज़मींदार थे। ज़मींदारी ख़त्म होने पर भी सैकड़ों एकड़ की ज़मीन तो ही थीं, उनका ब्याज पर पैसे देने का धन्धा भी था। चार लठैत सेवा में हाज़िर रहते थे। फिर सोने में सुहागा यह कि सत्ता दल का टिकट खुद चलकर उनके पास आया था। भूतपूर्व ज़मींदार ने गाँधी टोपी पहन ली, लाठी का इस्तेमाल पहले की तरह जारी रखा। उनका मानना था कि लाठी तो गाँधी जी भी रखते थे। बस, बलवन्त सिंह को जो लाठी उन्होंने पकड़ाई थी वह तेल पिलाई हुई थी। इलाक़े के पुराने लोगों का कहना था कि उन्होंने दो कत्ल किए थे और पूर्व ज़मींदार कम एम.एल.ए. के ख़ासमख़ास बन गये थे। उनकी तरक़्क़ी का और सभ्य समाज में प्रवेश का दरवाज़ा उसी समय खुला था।

वंश-परम्परा में सभ्यता आते-आते ठाकुर इकबाल सिंह की इतनी शिक्षा-दीक्षा हो गयी कि वे मैट्रिक पास करके फॉरेस्ट गार्ड हो गये। तबादले के सिलसिले में इस तरफ़ आए तो बहूमारा गाँव का हवा-पानी उन्हें भा गया। कमाई-धमाई तो बढ़िया हो ही गयी थी। सस्ती के ज़माने में बीस एकड़ ज़मीन लेकर वे वहीं बस गये। ना तो अपने सेवाकाल में और ना ही उसके बाद उन्होंने गाँववालों की एक बाँस-बल्ली तक से सहायता की। बोलते-बतियाते ज़रूर मीठा थे। अब ऐसा है कि मीठी बात को क्या गाँव के लोग चाटते या तलकर खाते। सो, गाँववालों ने उपाधि दी लामकलेड़ी ठाकुर।

इस फालतू गाँव में मुच्छड़ थानेदार के साथ उठने-बैठने लायक़ परिचित यही दो आदमी हो सकते थे। हालाँकि बातों-बातों में थानेदार एक जुमला कभी-कभार बोलते कि पुलिसवाले तो अपने बाप के भी नहीं होते। जब वे ऐसा बोलते तो दोनों ही घबरा जाते। ठाकुर का गला सूख जाता और पंडित को लघुशंका का आभास होने लगता।

नमस्कार चमत्कार और ओ-हो-हें-हें वगैरह हुआ। लेड़गा पंडित ने एक श्लोक बोलकर थानेदार को विश्वविजयी होने का आशीर्वाद दिया और लामकलेड़ी ठाकुर ने कहा, बहुत खराब समय आ गया है।

तीनों की बातचीत हमेशा की तरह प्रामइ टाइम डिबेट ब्रांड हुई, एक साथ बोलते हुए, एक-दूसरे को ठीक से सुने बिना।

–वाह शर्मा जी आपके आने से यहाँ शान्ति छा गयी।

–काहे की शान्ति। यहाँ तो कभी अशान्ति थी ही नहीं।

–ए भी कोई इलाक़ा है, ना चोरी करने का दम, ना कतल करने की हिम्मत। सब नामर्द हैं।

–अरे भई, आपका प्रताप है।

–बड़ा खराब समय आ गया है।

–अरे, कुछ तो केस बनाओ। ठाकुर हो, तुम्हीं एक-दो को हलाल कर दो।

–आजकल खेती में लाभ नहीं रह गया।

–कलयुग है भाई, वैसे गीता में कहा गया है...

–कहा होगा यार, गोली मारो। हवलदार चाय पिलवाओ, कम शक्करवाली, बादामी।

–क्या ज़माना आ गया। थानेदार चाय पीता है हें...हें...हें...

–मनरेगा ने दिमाग़ बिगाड़ दिया है मजदूरों का।

–अरे लगाओ लात सालों को।

–ज़माना खराब है।

–साला, ये भी कोई इलाक़ा है।

–छोटे लोगों के दिमाग़ चढ़ गये हैं।

–ठाकुर, तुम अकेले ही मुर्गा खाते हो, खिलाते नहीं हो।

–अरे साब, आपका तिलक देखकर लगा कि आप शाकाहारी होंगे, हें...हें...हें...

–पुराने ज़माने में ऋषि-मुनि भी खाते थे यार, फिर ब्रह्माग्नि में तो सब कुछ भस्म हो जाता है।

–ऐसा मत कहिए सर, ब्राह्मण को तो सात्विक...

–इसीलिए तुमको लोग लेड़गा पंडित कहते हैं। वैसे, टिकरापारा की साहुन के बदन का तेल निकालते समय सात्विकपना...

–अरे बस...बस...साहब आप भी...

–तो कल इन्तज़ाम करता हूँ मुर्गे का।

–याद रखना ठाकुर। मुर्गा चाय या शर्बत पीकर नहीं खाया जाता। गाँववाले तुम्हारी चूतियाई के कारण ही तुमको लामकलेड़ी कहते हैं। क्यों ना हवलदार...

–हें हें हें हें हें वैसे बुरा समय है। छोटे लोग सर चढ़ गये हैं।

–तो ठाकुर कल हो ही जाय कार्यक्रम, परसों हमारी बिटिया आ रही है।

–अरे वाह!

आना मुच्छड़ थानेदार की बिटिया का

बक़ौल लेड़गा पंडित अपाला बिटिया के आने से तो गाँव में जैसे उजाला हो गया।

पंडित को खासा आश्चर्य हुआ। हालाँकि जाति मित्र (मुच्छड़ थानेदार द्वारा गढ़ा गया शब्द) होने के कारण थानेदार से उनकी पटरी बैठ गयी थी लेकिन उनकी क़दकाठी और भुतही हँसी जैसे अहसास से उन्हें थोड़ा–थोड़ा भय भी लगता था। जब वे हँसते तो लेड़गा पंडित को लगता कि वे ना केवल जबरन हँस रहे हैं बल्कि सामनेवाले को धमका रहे हैं। उनकी मूँछें यों लगतीं जैसे नाक के नथुनों के भीतर से उगी हैं और फर्राटेदार ढंग से उनके गालों पर फैल गयी हैं।

ऐसे धुर्र आदमी की बिटिया ऐसी सुन्दर, सुशील। शराफ़त ऐसी कि जब भी पंडित थानेदार के घर जाते वह बड़े ही शिष्ट ढंग से उन्हें नमस्कार करती और चाय के लिए पूछती। ब्राह्मण को और क्या चाहिए।

मुच्छड़ थानेदार के घर में काम करनेवाली रौताइन ने अपाला को देखा तो उसे लोकगाथाओं की नायिकाएँ याद आ गयीं। लोरिक चन्दा की चन्दैनी और नौ लाख ओड़िया की दसमत कैना की तरह वह खूबसूरत लगी।

आँखें बड़ी–बड़ी करके, गाल पर हाथ रखकर उसने गाँव की औरतों को बतलाया—दीदी, का बताँव, नोनी त कपसा के पोनी असन् हे। मुँह अगास के चन्दा, कान लवंग के पान...जीभ कचेल के फूल...आँख मिरगा के नैन, हाथ–गोड़ केंवची खीरा...गाल आमा के फाँक...ओंठ पके कुन्दरू, देह हरदी बरन, ठौका।

तो, हुआ यों कि मुच्छड़ थानेदार की सुन्दर बिटिया को बहूमारा गाँव बहुत अच्छा लगा। थानेदार तो अपने भाग्य को कोसते थे कि कहाँ फँस गये लेकिन बिटिया को लगा कि इतनी शानदार जगह में उसके पापा को अच्छा क्यों नहीं लगता।

इतनी हरियाली...इतनी खुली हवा...पानी से लहराते इतने तालाब...इतनी चमकीली धूप...इतनी चटख चाँदनी...इतने रंग...इतने स्वर...इतने तारों से भरा आकाश...और इतने–इतने चेहरे जो एक जैसे नहीं हैं।

ज़ाहिर है कि हिन्दुस्तान में हर बिटिया का बाप चाहता है कि लड़की उसके हिसाब से स्वस्थ, सुन्दर, सुशील और सुसंस्कृत बने। मुच्छड़ थानेदार भी बाप था इसलिए वह भी बेटी के भले के लिए कुछ भी करने को तैयार था। कितनी ही बार ज्योतिषी से बिटिया का हाथ दिखलाया। खुद अपना हाथ भी दिखलाया पर दिक़्क़त

यह थी कि हर ज्योतिषी थानेदार की तेजस्वी मुद्रा और फर्राटा मूँछें देखकर कुछ भी ऐसा बतलाने की हिम्मत नहीं कर पाया जो थानेदार की इच्छा के विरुद्ध हो। दरअसल जब भी ज्योतिषी ने शर्मा जी का हाथ देखा, वह खाँटी थानेदार का हाथ होता जिस पर लिखा होता...भारत भाग्य विधाता।

मुच्छड़ थानेदार की ज़िन्दगी के दो महत्त्वपूर्ण सिद्धान्त थे। पहला यह कि समानता-उमानता का आधुनिक विचार विदेशी तो है ही, यह हरामख़ोरों के दिमाग़ का फ़ितूर है, दूसरा यह कि विज्ञान विकृत ज्ञान है। विज्ञान की पढ़ाई करके आदमी नास्तिक हो जाता है। इसीलिए उन्होंने अपनी बेटी को कला के विषय लेने के लिए प्रेरित किया था।

पर थानेदार यह नहीं जानता था कि साहित्य पढ़कर अपाला का दिमाग़ खराब हो गया था। चाँदनी रात होती तो उसे विद्यापति की कविता याद आती और गेंदे के फूल देखती तो शमशेर याद आते। बीच-बीच में आँखें चमकाते बाबा नागार्जुन नाचने-गाने लगते—किसकी है जनवरी, किसका अगस्त है...

थानेदार की बिटिया यानी गाँव-भर की बिटिया। महराजिन, रौताइन नोनी-नोनी कहते हुए बातचीत में मिठास घोलती रहती। थाने के सारे सिपाही सेवा में हाज़िर।

—बेबी, यहाँ के तालाब बहुत सुन्दर हैं, देखेंगी?

—बेबी, बट महादेव देखने चलेंगी?

—बेबी, आपने मड़ई देखी है, देखेंगी? बड़ा मज़ा आएगा आप फोटोग्राफी करना।

—बेबी, यहाँ एक देवारिन है जो बिलासा केवटिन की कथा गाती है। आप सुनेंगी?

तो, अपाला बिटिया को तो जैसे ख़ज़ाना मिल गया। अपने टेप रिकॉर्डर में उसने ढेर-से गीत रिकॉर्ड किये। अपने लैपटॉप में बहुत कुछ फीड किया। हाट-बाज़ार, मडई, मन्दिर, तालाब की फोटोग्राफी की और सीडी तैयार की।

पता नहीं क्यों संगीत और चाँदनी रात कभी-कभी आदमी पर ग़ज़ब ढाती हैं।

तो, उस दिन भी बिट-बिट चाँदनी फैली थी।

बरसों से शहरों में रहते-रहते अपाला भूल गयी थी कि चाँदनी कैसी होती है। चन्द्रमा तो उसने देखा था लेकिन चाँदनी का असर मन पर कैसा होता है, इससे वह एकदम अनजान थी।

रात दस बजे के सन्नाटे में विस्तृत आकाश, प्रकृति के विराट प्रसार, गहन

नीरवता में उभरती झिल्ली की झंकार से एकाकार हुई चाँदनी कुछ अधिक ही मोहक और रहस्यमय हो गयी थी। अपाला कमरे की खिड़की से चाँदनी के इस जादू को अधमुँदी आँखों से देख रही थी।

बस, उसी समय उसने बाँसुरी की आवाज़ सुनी। उसे लगा कि आक्षितिज फैली धरती को किसी अनजाने राग ने भर दिया। उस आवाज़ में विराट वन की हरीतिमा, मन्द-मन्द बहती हवा की सरसराहट, पक्षी का कूजन, झरने की कलकल, हथेली की गर्माहट और चाय की मिठास भी थी।

उसके बदन में एक झुरझुरी-सी हुई। यह उसके लिए एक नया अनुभव था। उसने अब तक कॉलेज के साथियों की प्यासी नज़रों का मज़ा लिया था। किसी ब्वाय फ्रेंड के लिए कभी-कभार थोड़ा-बहुत लगाव भी हुआ लेकिन बदन में ऐसी झुरझुरी कभी नहीं हुई थी।

थानेदार के क्वार्टर से लगभग दो सौ गज दूर से शुरू होता है टिकरापारा, उसकी बगल से लगा है-अँधियारखोप तालाब जिसके पार पर और तालाब के उस पार आम के घने पेड़ हैं। अपाला को लगा था कि बाँसुरी की धुन उसी तरफ़ से आ रही है।

थोड़ी देर में बाँसुरी की धुन बन्द हो गयी। सन्नाटे में केवल तालाब की तरफ़ से टिटहरी की आवाज़ भर रह-रहकर आती रही।

उस रात अपाला की आँखें जब-जब नींद में झपकतीं उसे लगता कि दूर से बाँसुरी की धुन सुनाई दे रही है।

ऐसा लगातार तीन रातों तक हुआ। अपाला को मालूम नहीं था कि संगीत किस क़दर संगीतकार से जोड़ देता है।

चार दिनों के बाद वही धुन अपाला को फिर सुनाई दी जो उसने पहली बार सुनी थी। इस बार दिन का समय था। हल्की बदली थी और मज़े की हवा बह रही थी। अपाला ने अपना हैंडीकैम और डिजिटल रिकॉर्डर उठाया और इसके पहले कि उसकी माँ कुछ पूछती, अपाला यह कहते हुए घर से निक़ल गयी कि वह लोक संगीत रिकॉर्ड करने जा रही है।

अँधियारखोप तालाब के पार एक आम के पेड़ के नीचे रखे पत्थर पर बैठकर बाँसुरी बजानेवाले को दूर से देखकर अपाला को लगा कि वह किसी काल्पनिक कहानी में प्रवेश करके किसी पात्र को देख रही है। तालाब के माई पथरा पर कोई औरत कपड़े धो रही थी जिसकी हल्की छपाक-छपाक आवाज़ सुनाई पड़ रही थी।

अपाला कुछ देर तक खड़े होकर बाँसुरीवादन सुनती रही फिर बाँसुरीवादक के पास जाकर उसने अपना परिचय दिया और रिकॉर्डिंग की अनुमति माँगी।

रामखिलावन कुशवाह से अपाला की यह पहली मुलाक़ात थी। ध्वन्यांकित

बाँसुरीवादन को उसने बार-बार सुना और बार-बार रामखिलावन के पास गयी। मुग्ध भाव से बाँसुरी सुनते हुए उसे लगता कि गाय-बकरी चरानेवालों की बाँसुरी में विशेष प्रकार का जादू होता है। शायद युगों से होता आ रहा है। संगीत जैसे उसकी आत्मा और तन बदन से लिपट गया था। उसे लगा कि सूरदास की कविता का अर्थ उसे समझ में आने लगा।

रामखिलावन से अपाला की वह छठवीं भेंट थी जब उसने रामखिलावन का हाथ पकड़कर उसके हाथ से बाँसुरी ले ली। वह देखना चाहती थी कि बाँसुरी कैसी है और उसका जादू कहाँ छिपा है।

यह एक सामान्य-सा दृश्य था जिसे आम पेड़ पर बैठे बन्दरों और तोतों ने देखा। तालाब के माई पथरा पर बैठी औरतों ने देखा। उधर से गुज़रते हवलदार तिवारी ने भी देखा।

दूसरे दिन ही रामखिलावन की थाने में पेशी हुई। मुच्छड़ थानेदार ने पहले खींचकर दो झापड़ मारे फिर माँ-बहन एक करते हुए गरजकर कहा—साले तेरी बदमाशियों की खबर है मुझे। तू गाँव की बहू-बेटियों को छेड़ता है, हीरो बनता है। साले, बकरियाँ भी चुराई हैं तूने।

रामखिलावन ने तनकर कहा—मैंने ऐसा कुछ नहीं किया है साब।

थानेदार ने उसे फिर दो झापड़ लगाए और गुर्राकर कहा—साले, हरामख़ोर ज़ुबान लड़ाता है। देख अपनी हरकत से बाज़ आ वर्ना खाल खिंचवा दूँगा। चल दफा हो। मुझे फिर शिकायत मिली तो तेरी जान की खैर नहीं। अबे साहू, धक्का देके निकाल साले को।

कांस्टेबल साहू रामखिलावन को धकियाते हुए बाहर लाया और फुसफुसाकर बोला—अबे साहब की बिटिया से मत मिला कर। मुच्छड़ जल्लाद है।

''तो साहब अपनी बिटिया को मना करें ना।'' रामखिलावन ने धीरे से कहा, ''मैंने तो कुछ किया नहीं। साहब बेकार ही क्यों नाराज़ हो रहे हैं? किया क्या है मैंने?''

साहू फिस्स से हँसा और मुँह-ही-मुँह में बुदबुदाया—थानेदार और ऊपर से बाम्हन।

लेकिन मुच्छड़ थानेदार की बिटिया दूसरे दिन फिर रामखिलावन के पास पहुँच गयी। रामखिलावन के सूजे हुए चेहरे की बाबत उसे मालूम हुआ तो सन्न रह गयी। पर सूजे हुए होंठों से भी रामखिलावन ने वैसी ही मीठी बाँसुरी बजायी जिसे सुनकर तन-मन के तार झनझना उठे।

उस शाम अपाला ने पहली बार बाप से बहस की। मुच्छड़ थानेदार के लिए यह भयानक अपमान की बात थी। उसका चेहरा रक्तवर्ण हो गया और ओंठ थरथर काँपने लगे। उसे लगा कि मनुस्मृति के पन्ने किसी चक्रवात में फड़फड़ा रहे हैं।

ऐसा गाँव के लोग बतलाते हैं

तीन दिनों के बाद ही अपाला को कॉलेज की पढ़ाई के नाम पर बाहर भेज दिया गया। घर की रौताइन के सूत्र से पता चला था कि मुच्छड़ थानेदार ने अपनी बिटिया को भी यह कहकर झापड़ लगाए थे कि मैं चौबीसों घंटे थानेदार रहता हूँ। उसके दो दिन के बाद शाम के घिरते अँधेरे के समय अधियारखोप से आती हुई रामखिलावन की बाँसुरी की धुन अचानक बन्द हो गयी थी। उसके बाद रामखिलावन गाँव में दिखलाई नहीं दिया।

हारकर रामखिलावन के बाप हरिप्रसाद ने डरते-डरते थाने में रिपोर्ट दर्ज कराई। मुच्छड़ थानेदार की आँखों में शोले और होंठों पर वक्र मुस्कुराहट आई। थाने के सिपाहियों को आश्चर्य हुआ जब थानेदार ने हरिप्रसाद को आदर के साथ कुर्सी पर बैठाया और उसके लिए अपनी पसन्द की कड़ी मीठी चाय बादामी मँगवाई।

अजीब-सी घुरघुराती आवाज़ में ज़हरीली मिठास घोलते हुए उसने कहा—"तुम चिन्ता मत करो, हम रिपोर्ट लिख रहे हैं और अखबार में इश्तहार भी देंगे। हो सकता है कहीं दोस्त-वोस्त के यहाँ चला गया हो।"

हरिप्रसाद ने भयमिश्रित आदर से हाथ जोड़कर पस्त आवाज़ में कहा—कहाँ जाही साहेब, गाँव के बाहिर ओखर कोनों दोस्त मितान नयी हे साहेब जी।

थानेदार ने दस बजकर दस मिनटवाली मूँछों के छोर को अँगूठे और तर्जनी से उमेठते हुए कहा—"तुम घबराओ मत जी। तुम्हारे बेटे को खोजने की पूरी कोशिश करेंगे। तुम रिपोर्ट लिखवा दो।"

हरिप्रसाद घर लौटकर समझ नहीं पाया कि वह मुच्छड़ थानेदार के व्यवहार से गद्‌गद है या डरा हुआ है। उम्मीद करना तो उसकी मजबूरी थी।

होली क़रीब थी।

पकाई गयी मिट्‌टी से बने छोटे-छोटे नगाड़े बिकने शुरू हो गये थे।

शाम का समय था। लेड़गा पंडित थानेदार के साथ बैठे थे। लड़ियाते हुए उन्होंने पूछा—"क्या हाल चाल हैं, अपाला बिटिया के?"

थानेदार ने पंडित के चेहरे पर आँखें गड़ाते हुए, हल्की गुर्राहट भरे स्वर में कहा—"सब ठीक-ठाक है, क्यों?"

लेड़गा पंडित हतप्रभ। समझ नहीं पाए कि क्या कहें। वे चेथी पर हाथ फेर रहे थे कि हवलदार तिवारी ने सूचना दी—"सर, बुधारू कुम्हार आया है, आपने

बुलाया था।''

''हाँ भेजो'', मुच्छड़ थानेदार ने मूँछें उमेठीं।

बुधारू कुम्हार छोटे नगाड़े की जोड़ी लेकर हाज़िर हुआ और थानेदार की आँखों का इशारा पाकर नगाड़े की जोड़ी टेबल पर रख दी। थानेदार ने नगाड़ों पर प्यार से हाथ फेरा। लेड़गा पंडित भौचक्के से मुस्करा रहे थे।

थाने के सभी लोग टेबल के क़रीब आ गये और आश्चर्य से नगाड़ों को देखने लगे। सुर-ताल से थानेदार का कोई लगाव है ऐसा उन्हें कभी महसूस नहीं हुआ था। हैड कांस्टेबल ने कहा—''सर...ये नगाड़े?''

''हाँ सुन्दर हैं ना? छूकर देखो।'' थानेदार की आँखें चमक रही थीं।

हैड कांस्टेबल ने नगाड़े को छूकर कहा—''इनका चमड़ा बहुत चिकना है।''

थानेदार ने अजीब से स्वर में कहा—''ये ख़ास तरह का चमड़ा है। ये नगाड़े बजाने के लिए नहीं हैं। ये सजावटी हैं। फिर एकाएक हँसकर कहा—मेरा तबादला हो रहा है; आजकल में आदेश आनेवाला है। सोचा, जाते-जाते थाने में एक कलात्मक चीज़ दे जाऊँ।''

मुच्छड़ थानेदार ने कोने में एक सेंटर टेबल रखवाया और नगाड़े की जोड़ी को उस पर रख दिया। उसके सामने कमर पर हाथ रखकर खड़े-खड़े वह देर तक उसे घूरता रहा। लेड़गा पंडित कुर्सी पर कसमसाते रहे और सिपाही प्रश्नभरी मुद्रा में एक-दूसरे को ताकते रहे।

मुच्छड़ थानेदार हफ्ते-भर के बाद चले गये। कहते हैं कि तबादला उन्हें ढाई लाख का पड़ा।

रामखिलावन का कभी कुछ पता नहीं चला।

काँस्टेबल साहू ने लोगों को बतलाया कि नगाड़ों पर आदमी का चमड़ा मढ़ा है।

●

अन्धी मछलियाँ और प्लेज़र कैप्सूल

जब हमारी कार माकड़ी के ढाबे पर पहुँची तो हमने अपने दल की एक गाड़ी को वहाँ पहले से ही खड़ा देखा। हम गाड़ी से उतरे ही थे कि पीछे से एक सरकारी गाड़ी आकर रुकी और उससे ओ.एस.डी. शर्मा जी उतरे। कुछ दिनों पहले ही उनका एक हल्का एक्सीडेंट हुआ था इसलिए अभी वे थोड़ा लँगड़ाकर चल रहे थे। लेकिन इससे उनकी खुश मिज़ाजी में कोई फ़र्क़ नहीं आया था। हम लोगों को देखकर उन्होंने हाथ हिलाया और डॉक्टर गोहिल को आवाज़ दी—''आप लोग भी मिल गये, यह बढ़िया रहा। आइए कुछ खाते-पीते हैं।'' फिर एक आँख दबाकर, मेरी ओर देखकर कहा—''दारू-शारू छोड़कर ठंडा-गरम जो चाहें।'' फिर शर्मा हल्के से हँसा जैसा कि अपनी बात को मज़ेदार मानकर खुद ही हँसने की उसकी आदत है—''ऐसा है सोनी जी, आप हैं पत्रकार। या तो आपसे छुपकर पीनी पड़ेगी या आपको भी साथ में पिलानी होगी।'' इस बार शर्मा कठलकर हँसा। ऊपर से नीचे तक हिलते हुए। हँसी थमने पर उसने फिर एक आँख दबाई—''रात को जमा लेंगे प्रोग्राम। वैसे यहाँ तक की आपकी यात्रा कैसी रही?''

''एकदम शानदार'', मैंने कहा—''एक बढ़िया गाड़ी, अच्छा ड्राइवर और मौसम हो आशिक़ाना तो मज़ा ही मज़ा है। सोने में सुहागा यह कि सहयात्री ज्ञानी पुरुष है।''

मेरी बात पर खुश होकर डॉक्टर गोहिल बर्नार्ड शॉ जैसी अपनी गझिन दाढ़ी के बीच मुस्कुराकर बोले—''सीधे से कहिए कि मेरी बोलने की आदत के कारण आप बोर हुए।''

मैं भला ऐसा कैसे कह सकता था। डॉ. गोहिल अन्तरराष्ट्रीय ख्याति प्राप्त वनस्पति शास्त्री ठहरे। देश-विदेश घूमे हुए। कभी कृषि विश्वविद्यालय में प्रोफ़ेसर के पद पर थे। बीच-बीच में मुझे यह ज़रूर लगा था कि यह खुशमिज़ाज बन्दा थोड़ा कम बोलता तो बेहतर था। ज्ञानी पुरुष या तो चुप्पा होता है या ज़्यादा बोलनेवाला। दिक़्क़त केवल यह होती है कि वह आपको इतनी बातें बतला देता है कि बाद में

सारी बातें गड्डमड्ड हो जाती हैं या दिमाग़ से निक़ल जाती हैं। मैं ठहरा पत्रकार। आदत पड़ गयी है कि काम के लायक़ चीज़ें निकालो, बाक़ी फेंको। लेकिन गोहिल की बातें दिलचस्प थीं जिनमें काँट-छाँट सम्भव नहीं थी। कुल जमा साथ अच्छा था।

उस आधुनिक ढाबे में भीतर पहुँचने पर फैमिली के लिए बनाए गये एक हिस्से के ग्लास पार्टीशन के उस पार एक टेबल पर हाथ में पेप्सी की बोतल थामे, बेहद गोरे-चिट्टे विदेशी काट के चेहरेवाले आदमी पर हमारी नज़र पड़ी जो सामने बैठी महिला से बातें कर रहा था। उसे देखकर शर्मा ने पूछा—''आप लोगों का टीनू वाडिया से परिचय है?''

''ये कौन है भाई?'' गोहिल ने शर्मा की ओर देखा—''एकदम विदेशियों जैसी सूरत-शक्ल है!''

''ये पारसी हैं। एक एन.जी.ओ. चलाते हैं। देश-विदेश से अच्छी ग्रांट मिलती है। इन दिनों झारखंड में कोई प्रोजेक्ट कर रहे हैं। सामने बैठी महिला उनकी पत्नी हैं। चलिए मिलवाते हैं। देखिएगा, अपनी पत्नी को सर्टीफिकेट की तरह पेश करेंगे।'' शर्मा ने हमारी जिज्ञासा और बढ़ाते हुए कहा।

''पत्नी! सर्टीफिकेट!!'' डॉक्टर गोहिल अपनी दाढ़ी सहलाने लगे।

''आइये, अभी पता चल जाएगा।''

टीनू वाडिया ने खड़े होकर हम सभी से हाथ मिलाया। इकहरे बदन के अँग्रेज जैसा उनका व्यक्तित्व किसी को भी प्रभावित करने में समर्थ था। अमेरिकन शैली की अँग्रेजी बोलते-बोलते वे अचानक शुद्ध उच्चारण की हिन्दी में बोले—''साहबान, इनसे मिलिये, मेरी पत्नी रमसीला।'' हमने नमस्कार किया। हमारे चेहरे के आश्चर्य का थोड़ा-सा मज़ा लेते हुए टीनू वाडिया बोले—''ए आदिवासी हैं।''

रमसीला जी ने कुर्सी से उठकर हाथ मिलाते हुए कहा—''माई प्लेजर, आइ डन् नो व्हाय माई हसबैंड इंट्रोड्यूसेस मी लाइक दिस!'' कान्वेंटी उच्चारण के तुरन्त बाद देसी तड़का—''आप सभी से मिलकर बेहद खुशी हुई। बैठिये, क्या लेंगे आप लोग?''

हमारे सामने खड़ी महिला का रंग साँवला था और चेहरे की काट आदिवासी। छरहरी मज़बूत काया। साँचे में ढली हुई। आधुनिक पहनावे, बोली-बानी के नीचे जीवन्त आदिम उछाह जो उसकी मुक्त मुस्कुराहट में जगमगा रहा था। सब कुछ ऐसा जिसमें एक तप्त खिंचाव था।

''आप लोग बैठिये। हम लोग उस टेबल पर बैठेंगे।'' दूसरी टेबल पर बैठकर डॉ. गोहिल धीरे से बोले—''बढ़िया जोड़ी है। टीनू वाडिया वाक़ई पत्नी को जीवित सर्टीफिकेट की तरह पेश करते हैं। और है भी। उनके आदिवासी प्रेम का

प्रमाण-पत्र तो है ही।''

''आदिवासी इलाक़े में काम करनेवाले के लिए यह एक सहूलियत है। आप जानते होंगे कि गोंड़ों पर पहली बार शोध करनेवाले वेरियर एल्विन ने एकदम जंगल में गोंड़ों के बीच रहकर काम किया था। उसने गोंड़ औरत से शादी की थी।'' मैंने कहा।

''तो अपने टीनू वाडिया दूसरे वेरियर एल्विन हुए।'' गोहिल अपनी दाढ़ी के बीच मुस्कुराये। उनकी दाढ़ी में डोसे का एक छोटा-सा टुकड़ा अटका हुआ था।

''फ़र्क़ यह है कि वेरियर एल्विन अपनी पत्नी और बच्चों को यहीं छोड़ गये थे जबकि टीनू साहब तो अपनी बीवी को यूरोप-अमरीका घुमा लाए हैं। विदेशों में उनके परिचय में यह ज़रूर ही कहा जाता है कि उन्होंने बस्तर की आदिवासी महिला से शादी की है।'' शर्मा ने कहा और अन्त में जोड़ा—''आज तो इस्तेमाल की राजनीति का समय है।''

तभी ढाबे के बाहर दो कारें आकर रुकीं तो शर्मा ने उठते हुए कहा, ''आप लोग खाएँ-पीएँ। पेमेंट आप लोगों को नहीं करना है।''

मैंने बात बदलते हुए कहा—''डॉक्टर गोहिल; आपकी दाढ़ी में डोसा।''

''तिनका तो नहीं ना'', गोहिल ने दाढ़ी पर हाथ फेरते हुए कहा।

दरअसल तिनका तो मेरी दाढ़ी में था। मुझे ज़रा भी उम्मीद नहीं थी कि जगदलपुर में आयोजित तीन दिवसीय सेमीनार में कुछ निकलकर आएगा। ऐसी पाँच सितारा चौं-चौं-भौं-भौं में मैं खुद कई बार, कई जगहों में शामिल होता रहा हूँ। अनुमान था कि अभी भी ढाक में कोई चौथा पत्ता नहीं लगनेवाला है। जब सेमीनार में शामिल होने का आमन्त्रण मुझे मिला था तभी मुझे आभास हो गया था कि इसका स्रोत कहाँ है। यह एन.जी.ओ. 'आई' और राज्य सरकार के पर्यटन विभाग का संयुक्त उपक्रम था। एन.जी.ओ. 'आई' देश की सर्वाधिक महत्त्वपूर्ण गैरसरकारी सामाजिक संस्था है जिसके निदेशक ख्यातिप्राप्त आई.ए.एस. अफ़सर डॉ. इन्द्रनाथ कपूर हैं जो कभी प्रधानमन्त्री के राजनीतिक सलाहकार थे। राजधानी के पत्रकारों का मानना था कि कैबिनेट मिनिस्टर तक उनसे सँभलकर बात करते थे। कुछ वर्ष पहले विदेशों में घूमघाम कर वे ही 'हाईवे टूरिज़्म' का आइडिया भारत लाए थे। बतौर प्रयोग उसे दिल्ली और हरियाणा में लागू भी किया गया था। उद्‌देश्य था कि हाईवे के दोनों तरफ़ सुन्दर रेस्टोरेंट्स, फाइव स्टार क़िस्म के ढाबे हों और थोड़ा भीतर हटकर चिल्ड्रन पार्क, वाटर पार्क बनाए जाएँ। चाहने को तो वे यह भी चाहते थे कि कैसिनो भी बने पर इस विचार का खुलासा उन्होंने नहीं किया था। जिनके पास छुट्टियाँ

बिताने और मौज-मस्ती के लिए अधिक समय नहीं है लेकिन उनकी खर्च करने की क्षमता है वे वे शहरों-कस्बों के आसपास ही ज़िन्दगी का मज़ा लें। आनन्द पाना जनता का अधिकार है। सरकारों, कम्पनियों और निवेशकर्ताओं को इस ओर ध्यान देना चाहिए। मृदु मुस्कान के साथ वे कहते हैं कि यह सौन्दर्य प्रिय जीवन में नवाचार होगा। हाईवे टूरिज़्म 'प्लेज़र केप्सूल' की तरह जीवन में प्रवेश करे। उनका नारा है—जनता का हक : प्लेज़र केप्सूल।

अब विकास के तीव्र बुखार से बर्राती प्रान्तीय सरकारों को भी लग रहा है कि पर्यटन को विकसित किए बिना उन्हें देहाती मानसिकता का समझा जाएगा। मेरा इरादा अखबार में ऐसा ही कुछ लिखने का था जो पाठकों के लिए उत्तेजक स्टोरी हो लेकिन साथ ही सभी को थोड़ा पुचकारा जाए और कुछ झिड़का भी जाय। इसमें शामिल सभी लोग मेरे लिए पात्र थे और यह यात्रा लगभग प्लेज़र ट्रिप। सेमीनार का विषय था—'पर्यटन की सम्भावनाएँ और संवेदना का प्रश्न'। मेरी धारणा यह भी थी कि इसमें शामिल होनेवाले ज़्यादातर लोगों का मक़सद चिन्तन-मनन से कहीं अधिक इस क्षेत्र के बारे में इनकी जिज्ञासा थी। सरकारें तो हमेशा ही समझदार होती हैं इसलिए चुनिन्दा लोगों को आमन्त्रित करके काम की बात भले ही ना निकलवा सके लेकिन उन्हें खुश ज़रूर कर देती हैं। कार्यक्रम का संयोजन पर्यटन विभाग के जिम्मे था और मुख्य अतिथि शिक्षा मन्त्री थे। पर्यटन विभाग के मन्त्री और सचिव यू.एन.ओ. द्वारा आयोजित पर्यटन सम्बन्धी कान्फ्रेंस में शामिल होने फ्रांस की यात्रा पर गये थे लेकिन पूरा विभाग पूरी मुस्तैदी से काम में जुटा था। पर्यटन की अवर सचिव डॉ. वर्षा वर्मा ही अब आयोजन की प्रभारी थीं। अपनी योग्यता और मनोहारी व्यक्तित्व से उन्होंने सभी मेहमानों को प्रभावित किया था। डॉक्टर गोहिल उन्हें चार्मिंग लेडी कहते थे जिसकी मुस्कान की तुलना वे ताड़ के गुड़ से करते थे। यह जोड़ते हुए कि शुगर के मरीज़ों को उनसे बचना चाहिए क्योंकि उनके लिए वह मुस्कान घातक होगी। डॉ. गोहिल बेहद दिलचस्प आदमी थे जो पहली मुलाक़ात में ही दोस्त बन गये थे। जगदलपुर रवाना होने के पहले ही होटल के कमरे में उनसे भेंट हो गयी थी। दरअसल आयोजकों ने अतिथियों को रायपुर के बेबीलोन होटल में आने का आग्रह किया था जहाँ से सभी को वह बस्तर ले जानेवाले थे। वैज्ञानिक डॉ. गोहिल पहले से ही रुके थे। मैंने उनका नाम सुना था। उनकी प्रसिद्धि के कारण एक गम्भीर, खूसट क़िस्म के आदमी से भेंट होने की कल्पना मैंने की थी। लेकिन वे इसके विपरीत मिज़ाज के व्यक्ति निकले—वेशभूषा से ही घुमक्कड़ प्रोफ़ेसर जैसे। भूरी जींस पर जो शर्ट उन्होंने पहनी थी उसका रंग इतना मौलिक था कि रंगों की किसी भी तालिका के लिए वह चुनौती था। पैरों में एक्सकर्सन के लिए मुफ़ीद जूते। घनी दाढ़ी में कुछ सफ़ेद बाल। चश्मे के पीछे से झाँकती बड़ी और चमकीली आँखें

जिनमें बुद्धिमानी के अलावा शरारती बच्चे जैसी चंचलता! उनसे मिलकर अच्छा लगा था।

हमने हल्का-फुल्का नाश्ता लेकर कॉफी पी ही थी कि डॉ. गोहिल की चार्मिंग लेडी ने आकर सूचना दी थी कि डॉ. इन्द्रनाथ को लेने गाड़ी हवाई अड्डे भेज दी गयी है। अत: मेहमान यहाँ से अपनी सुविधानुसार जगदलपुर के लिए रवाना हो सकते हैं। ओ.एस.डी. शर्मा आकर डिटेल्स बता देंगे। 'सी यू' कहकर वें चली गयीं। डॉ. गोहिल ने शरारतभरी मुस्कान के साथ कहा था—"बरखा के आते ही हरियाली छा जाती है ना।"

दस मिनट बाद ही शर्मा आ गये। उनके विषय में कहा जाता है कि वे सरकार के ख़ास आदमी हैं। कुशल, उत्साही और वाकपटु। जिससे मिलें उसे शीशे में उतार लें। आते ही नमस्कार करके उन्होंने अपना परिचय देते हुए पूछा था—'चाय-शाय हुई?" फिर कार्यक्रम की रूपरेखा बतलाते हुए बोले—"आप लोगों सहित हमारे बारह आदरणीय मेहमान आ गये हैं। हमारे पास गाड़ियों की कमी नहीं है इसलिए एक गाड़ी में दो लोग रहें। आप दोनों के लिए जो गाड़ी है वह आयोजन के बाद रायपुर लौटते तक आपके पास ही रहेगी। हमारी गाड़ियों के सभी ड्राइवर इस इलाक़े से परिचित हैं और उन्हें निर्देश दे दिए गये हैं। आपकी गाड़ी का ड्राइवर सोमारू मरकाम है। आप लोग थोड़ी देर में सुविधानुसार निक़ल लें। जगदलपुर में आप लोगों के लिए 'ब्राइट बस्तर' होटल में कमरा बुक है। रास्ते में पड़नेवाले माकड़ी ढाबे में लंच की व्यवस्था है। वहाँ से फिर अपनी सुविधा से जगदलपुर निकलें। एंजाय द ट्रिप। और कोई आदेश सर! हम लोग भी बस पीछे-पीछे आ रहे हैं।"

हमारी गाड़ी का ड्राइवर मरकाम बस्तर के आदिवासी इलाक़े का ही था। रायपुर से माकड़ी ढाबे पहुँचने तक वह हमारी जिज्ञासाओं का समाधान करता रहा। गोहिल तो इस बात से बेहद प्रभावित थे कि बस्तर के पेड़-पौधों के बारे में मरकाम को खासी जानकारी थी।

माकड़ी ढाबे से जब हम जगदलपुर की ओर रवाना हुए तब आसमान में बहुत झीने बादल थे लेकिन केशकाल घाटी तक पहुँचने के पहले आसमान साफ़ हो गया और चमकीली धूप बिखर गयी थी। घाटी के छह या सात यू पिन टर्न से होकर जब हम बंजारी माता के मन्दिर के पास बने व्यू प्वाइंट पर पहुँचे तो वहाँ टीनू और उनकी पत्नी पहले से ही खड़े थे। हमारे सामने कई किलोमीटर तक फैली घने जंगल की घाटी थी जो हमारे अगल-बगल चलती रही थी और अभी कुछ मोड़ों तक और वह

हमारे साथ रहनेवाली थी। प्रकृति की विराटता और औदार्य का अदभुत नज़ारा था। मीलों तक फैले जंगल की हरियाली के कितने ही शेड्स थे। यह मुग्ध कर देनेवाला दृश्य था जिसे मैं दूसरी बार और डॉक्टर गोहिल कई बार देख चुके थे फिर भी वह नयेपन के साथ सामने था। हर ऋतु में उसका सौन्दर्य अछूते कौमार्य का आभास देता है। टीनू वाडिया दृश्य की सुन्दरता के प्रति जिज्ञासु थे लेकिन रमसीला जी मुग्ध भाव से उसमें खो-सी गयी थीं।

अपने मुग्ध भाव से अचानक ही बाहर आते हुए रमसीला जी ने कहा—"मैं बंजारी माता की पूजा करने जा रही हूँ। आप लोग चलेंगे?" टीनू और मैंने मना कर दिया। डॉ. गोहिल ने कहा—"मैं चलता हूँ आपके साथ।" फिर मुड़कर मुझसे बोले—"ये देवी पर्वत की सुरक्षित यात्रा की साक्षी है। हर ड्राइवर, चाहे किसी भी मज़हब का हो यहाँ रुकता है। लोक-विश्वास है।"

सुविधा की बात यह थी कि जिस होटल में हमें ठहराया गया था उसी के कॉन्फ्रेंस हॉल में गोष्ठियाँ होनी थीं। हम समय पर यानी ठीक सवा दस बजे जब हॉल में पहुँचे तो वहाँ उद्घाटन सत्र के अध्यक्ष डॉ. इन्द्रनाथ कपूर, कुछ अधिकारी, पत्रकार और डॉ. गोहिल की चार्मिंग लेडी पहले से ही उपस्थित थीं। उन्होंने नमस्कार किया और कहा—"आइये, डॉक्टर इन्द्रनाथ से आप लोगों का परिचय करवाऊँ।"

धवलकेशी इन्द्रनाथ की उम्र केवल बालों की सफ़ेदी में दिखलाई दे रही थी। ब्राउन कलर की जींस, चेक शर्ट और स्पोर्ट्स शू में वे काफ़ी चुस्त-दुरुस्त थे और सुदर्शन भी। कुर्सी से उठकर नपी-तुली प्रसन्नता से उन्होंने हाथ मिलाकर हमसे परिचय प्राप्त किया। डॉ. गोहिल को वे नाम से जानते थे और मुझे व्यक्तिगत रूप से नहीं जानते थे। लेकिन उस अखबार को जानते थे जिसमें मैं सब-एडीटर हूँ। प्रसिद्ध अखबार को कौन नहीं जानता। उनके चेहरे पर प्रभाव झलका तो एक 'फोटोग्राफर' ने फ़ौरन कैमरा क्लिक किया। हमने कुछ हटकर, दूसरी तरफ़वाली कुर्सियों को अपने बैठने के लिए चुना। डॉ. गोहिल ने मुस्कुराकर धीरे से कहा—"बुढ़ऊ तो काफ़ी जवान हैं।"

उद्घाटन सत्र के मुख्य अतिथि एक विश्वविद्यालय के कुलपति थे। सत्ता पार्टी के उस नेता की मुझे जानकारी थी जिसके वे लल्ला-मुन्ना थे। चेहरे पर गम्भीरता और समझदारी के मेकअप की परत के नीचे उनकी अति विश्वास भरी मूढ़ता झलक मार रही थी। जब डॉ. इन्द्रनाथ से उनका परिचय करवाया गया तो उनके चेहरे पर एक अजूबा देखकर खुश होने का भाव था। दरअसल मुख्य अतिथि की आसन्दी के लिए शिक्षा मन्त्री का नाम घोषित था लेकिन वे लंच के बाद तक ही

पधार सकेंगे यह सूचना आ गयी थी। अतः कुलपति कार्यक्रम के आपद्धर्म थे। उनकी उपस्थिति से उद्‌घाटन सत्र में घनघोर दिलचस्पी आ गयी थी।

पहली गोष्ठी में गुज़रात के एक एन.जी.ओ. के निदेशक मेहता जी बढ़िया बोले। जैसा कि बोलने का रिवाज है, यानी बस्तर आना उन जैसे सामाजिक रूप से सक्रिय जिज्ञासु के लिए सौभाग्य की बात है। इस अनोखे क्षेत्र में पर्यटन की असीम सम्भावनाएँ हैं। आदिवासी प्रकृति पुत्र हैं। उनकी अपनी संस्कृति है। उनके नृत्य-गीतों और जीवन-शैली पर हमारी शहरी जीवन पद्धति की विकृत छाया पड़ रही है। लेकिन उनका विकास ज़रूरी है। पर विकास ऐसा न हो कि उनकी अपनी विशेषता नष्ट हो जाए। किन्तु आधुनिक जीवन जीने का सभी को अधिकार है परन्तु वन संस्कृति भी जीवित रहे। जंगल कट रहे हैं किन्तु आधुनिकता तो अपने ढंग से आती ही है। शहरीकरण ज़रूरी है लेकिन उसकी सीमा तय होनी ज़रूरी है। सेल्फी लेने और ट्वीट करने की सुविधा इन्हें भी मिलनी चाहिए। पर्यटन के बढ़ने से अंचल का विकास होगा। पर्यटकों को यहाँ के स्थानीय व्यंजनों का स्वाद मिलेगा। आदिवासी गहनों को विश्व बाज़ार मिलेगा लेकिन...आदि...हालाँकि...वाह...वाह...आह...आह यानी कि...ऊँह...!

पहले सत्र का बाक़ी सारा समय टीनू वाडिया खा गये। कम्प्यूटर, स्क्रीन और अपने ट्रम्प कार्ड रमसीला जी के सहयोग से उन्होंने लगभग सवा घंटे तक झारखंड में अपने एन.जी.ओ. के कामों की जानकारी दी। हालाँकि सेमीनार के विषय से उसका दूर-दूर तक का सम्बन्ध नहीं था लेकिन किसी ने टोका-टाकी नहीं की। डॉ. इन्द्रनाथ तो पूरे समय रुचि दिखलाते रहे। डॉ. गोहिल धीरे से बोले—"पुरानी मोहब्बत में ऐसी हरकत जायज़ होती है। बिना इजाज़त लिए चूम लेने जैसी। ये बन्दा वाडिया है तो अखाड़ची।"

लंच के बाद के सत्र में मेरा परचा था—'पर्यटन और आदिवासी मानसिकता'। मेरा जो परिचय दिया गया उसमें मेरे लेखन की चर्चा कम थी, मेरे अखबार की चर्चा अधिक थी। मुझे मालूम था कि यह लड़ियाना इसलिए था ताकि अखबार में कवरेज अच्छा मिले। यह मेरी नियति है या फ़ायदा, यह मैं अभी तक तय नहीं कर पाया हूँ। मेरा वक्तव्य खत्म हुआ ही था कि शिक्षा मन्त्री आ गये। अधेड़ उम्र के मन्त्री स्मार्ट और खुशमिज़ाज हैं। रिपोर्ट कहती है कि उनकी राजनीतिक पकड़ मज़बूत है। मन्त्री जी ने देश के विभिन्न कोनों से आए विद्वानों का हार्दिक स्वागत किया। पर्यटन की बाबत ईमानदारी से बोलते हुए कहा—"इस खूबसूरत अंचल को हम पर्यटकों का स्वर्ग बनाना चाहते हैं लेकिन अभी तो यहाँ कुछ कर सकना सम्भव नहीं है। जब तक नक्सल समस्या हल नहीं हो जाती तब तक वह सब कुछ होना सम्भव नहीं जो हम करना चाहते हैं। फिर भी हम चाहते हैं कि आप जैसे विद्वानों का परामर्श हमें

मिले।''

मन्त्री जी का व्याख्यान खत्म होते ही टीनू वाडिया बोले—''मन्त्री जी, हमारी संस्था आपके प्रान्त में कुछ काम करना अपना सौभाग्य समझेगी।'' दाढ़ी के बीच मुस्कुराकर डॉ. गोहिल मेरे कान में धीरे से बोले-''देखा! है ना अखाड़ची।'' मैंने भी उतने ही धीमे स्वर में उन्हें बतलाया-''मन्त्री सवा सेर हैं। घुमाता रहेगा और देखा घंटा। दूसरों को काम देगा तो इसके अपने लोगों के एन.जी.ओ. क्या करेंगे।''

शाम के कार्यक्रम में मेहमानों को छत्तीसगढ़ के न्यागरा 'चित्रकोट' जलप्रपात दिखलाने का कार्यक्रम था। लगभग साढ़े पाँच बजे चित्रकोट के रास्ते पर आठ गाड़ियों का क़ाफ़िला रवाना हुआ। डॉ. गोहिल ने ड्राइवर से कहा—''देखो भाई मरकाम, अपनी गाड़ी किसी भी शासकीय वाहन के पीछे मत लगाना।''

''क्यों सर?'' मरकाम ने पूछा।

डॉ. गोहिल ने मज़ा लेते हुए कहा—''ऐसा है कि नक्सली लोग सरकारी गाड़ियों को निशाना बनाते हैं। उनका किया-धरा वो लोग ही भुगतें।''

मरकाम हल्के से हँसकर बोला-''इस इलाक़े में ऐसा कोई खतरा नहीं है सर! उनके अपने एरिया हैं जहाँ उनकी पैरेलल गवर्नमेंट चलती है। और सर, ए नक्सली नहीं हैं, माओवादी हैं।''

चित्रकोट से आठ-दस किलोमीटर पहले से ही सड़क के किनारे मटकियों और जर्मन की बटलोइयों में सल्फी लेकर आदिवासी आदमी-औरतें इस तरह बैठे थे जैसे बाज़ार में सब्जी-भाजी बेचनेवाले बैठते हैं। मैंने डॉ. गोहिल से कहा—''आइए सर, एकाध गिलास हो जाय।'' उन्होंने सर हिलाकर नाहीं की तो मैंने गाड़ी रुकवा ली और उतरकर एक आदमी की दुकान पर मोलभाव करने लगा। इतने में ही मैंने देखा कि हमारे कुछ गज आगे चलनेवाली स्कार्पियो गाड़ी ठहरकर रिवर्स हुई और पास आकर रुक गयी।

कुछ उत्सुक, उत्तेजित और कुछ शर्माए से गुज़रात से आए मेहता जी गाड़ी से उतरे। मेरे पास आकर उन्होंने पूछा-''सोनी जी, ए क्या है?''

''सल्फी'', मैंने कहा—''कोई बस्तर आए और सल्फी ना पिए मेहता जी, तो समझिए कि उसने आधा बस्तर नहीं देखा। आपको पीने-पिलाने में संकोच तो नहीं है? गुज़रात तो ड्राई स्टेट है।''

''नहीं...नहीं...ऐसी कोई बात नहीं है। बस, ए बताइए कि ज़्यादा तो नहीं घुमा देगी?'' मेहता जी ने विनम्र स्वर में कहा।

"अरे नहीं मेहता जी, इसी सल्फी को बस्तर बियर कहते हैं। सल्फी पेड़ का रस है। एकदम निर्दोष।" मैंने दो गिलासों में सल्फी डलवायी। एक गिलास मेहता को देकर कहा—"चियर्स, आप हमारे मेहमान हैं। ये बस्तर बियर मेरी ओर से।"

मेहता के चेहरे पर कुछ नया करने का उत्साह था और आँखों में प्यास। एक बड़ा घूँट लेकर उसने कहा—"आपको एतराज़ ना हो तो मैं आप लोगों के साथ चलूँ, आपकी ही गाड़ी में।"

"स्वागत है।" मैंने कहा, "इसे पूरा कीजिए।"

मेहता ने मुड़कर अपनी गाड़ी के ड्राइवर से कहा—"आप बढ़िए। मैं इन साहब के साथ रहूँगा।"

दो गिलास सल्फी पीकर मेहता जी हमारे सहयात्री बन गये। डॉ. गोहिल ने अपनी ख़ास मुस्कुराहट के साथ कहा—"मेहता जी, आप जानते हैं सूर्योदय के पहले सल्फी का रस दूध की तरह होता है जो स्वास्थ्यवर्धक भी है। जैसे-जैसे दिन चढ़ता है इसमें नशा होता जाता है।"

मैंने टीप जोड़ी-"मेहता जी, आदिवासियों का पेय बस्तर बीयर तो आपने चख लिया। आपने विमर्श के दौरान कहा था कि यहाँ के व्यंजनों का रसास्वादन करवाया जाए। आदिवासियों के भोजन में मुर्गा और सूअर का गोश्त भी शामिल होता है। कहिए तो इन्तज़ाम करवाया जाए।"

मेहता का चेहरा सिकुड़ गया। हाथ जोड़कर बोले-"मैं शाकाहारी हूँ साहब। आप कहें तो मैं अपने शब्द वापस लेता हूँ।"

चित्रकोट प्रपात के किनारे ही, थोड़ा हटकर थोड़ी ऊँची जगह पर बने रेस्ट हाउस के बरामदे में डॉ. इन्द्रनाथ की बगल में स्थायी भाव की तरह टीनू चिपके हुए बैठे थे। रमसीला जी संचारी भाव की तरह घूम-घूमकर जलप्रपात के वेग को निहार रही थीं। मेरे पास आकर बोलीं—"आपने पहली बार देखा?"

"नहीं, दूसरी बार।" मैंने कहा, फिर एकाएक मेरी ज़बान फ़िसल गयी—"रमलीला जी, आप तो आदिवासी हैं। आज सल्फी नहीं पी।"

"नहीं...लेकिन पहले तो सल्फी, लान्दा सभी कुछ पिया। अब केवल रम ही पी पाती हूँ वह भी कभी-कभी।" रमलीला ने बिना हिचक उत्तर दिया। फिर हँसकर बोलीं—"वैसे इतना जाति गुण बचा है मुझमें कि अपने नाच-गाने नहीं भूली हूँ...और"-रमसीला जी ने नीचे की तरफ़ इशारा किया—"यदि हम वहाँ तक जा पाते...प्रपात से आगे क़रीब पचास गज़ दूर तो मैं पानी में आज भी तैर सकती हूँ। चलेंगे आप?"

"नहीं जी", मैंने हाथ जोड़े—"यदि मरने का शौक़ हुआ तो यहीं प्रपात में छलाँग लगा दूँगा।"

रमसीला जी खिलखिलाकर हँसीं! आधुनिकता के कवच के नीचे अभी भी प्रकृति-प्रदत्त उच्छल हास्य ज़िन्दा था! हम बातें कर ही रहे थे कि प्रपात के आसपास लगे रंगीन फ्लड लाइट्स जला दिए गये। दृश्य की तासीर बदल गयी। मेरी ओर देखकर रमसीला जी ने कहा—"आपको नहीं लगता कि प्रकृति का सौन्दर्य मूल रूप में है। क्या हम लाल-हरा पानी देखने के लिए आए हैं।"

"सरकारी सौन्दर्यबोध है मैडम।" मैंने धीरे से कहा—"लोगों को भी नक़ली चमक भाती है। सरकार तुष्ट करती है और बाज़ार की बल्ले-बल्ले है।"

दूसरे दिन लंच के बाद का समय फिर मेहमानों को दर्शनीय स्थल घुमाने के लिए रखा गया था। तीरथगढ़ जैसे सुन्दर जलप्रपात तो लोगों ने और भी देखे थे लेकिन कोटमसर गुफा तो चमत्कार थी। ज़मीन के भीतर चूने के स्तम्भों से भी कहीं अधिक हमारी जिज्ञासा उन अन्धी मछलियों को देखने की थी जो अँधेरी गुफा के जलप्रवाह में ही पैदा होती हैं। उनके विषय में सभी ने कुछ ना कुछ पढ़ रखा था। वहाँ से लौटते हुए डॉ. गोहिल ने मरकाम से कहा—"मरकाम; कहीं अच्छी चाय पिलवाओ।" मरकाम डॉ. गोहिल का प्रिय पात्र बन गया था। उन्हें आश्चर्य था कि उसे दक्षिण बस्तर के घने जंगलों की वनस्पतियों की खासी जानकारी थी। कुछ देर चुप रहकर उन्होंने पूछा-"कोटमसर में तो काफ़ी पर्यटक आते होंगे?"

"हाँ सर, बस्तर तो सबके लिए अजूबा है।" मरकाम ने वक्र मुस्कुराहट के साथ कहा—"आदिवासियों को समझने के लिए कोई नहीं आता। बस्तर तो हम आदिवासियों का निवास है लेकिन हमें कोई ईसाई बनाना चाहता है तो कोई हिन्दू बनाना चाहता है। हमारी अपनी पहचान के साथ अपनाना तो दूर की बात है।"

मैं एकदम सजग हो गया। यह था मेरे काम का आदमी जो मेरी स्टोरी में ट्विस्ट पैदा कर रहा था। मैंने बातचीत का सिरा लपकते हुए कहा—"लेकिन इसके कुछ फ़ायदे भी तो हुए मरकाम। मुख्य धारा में आने..."

"हमको आदिवासी ही रहने दें सर।" मरकाम ने कुछ तेज़ स्वर में मेरी बात काटी—"हमने कब कहा कि विकास ना हो पर ईमानदारी से तो हो। हमारे जंगल-ज़मीन छीनकर हमें विस्थापित करके यह होगा? हमारी नस्ल खत्म करके होगा क्या? आप शायद नहीं जानते कि आदिवासियों ने 'मुरिया राज' के लिए रियासतों और अँग्रेजों से लड़ाइयाँ लड़ीं। इसे भूमकाल विद्रोह का नाम दिया था। 1857 के भी पहले 1774 में हलबा विद्रोह हुआ था। जी हाँ, हथियारबन्द लड़ाई थी। हमारे

पूर्वजों ने कई बार अपना खून बहाया है अपनी ज़मीन के लिये।''

''ऐसा!'' मेहता आश्चर्य से सुन रहे थे, ''ये बातें तो मेरे लिए एकदम नयी हैं।''

''आपको कोई क्यों बताएगा सर? ए कोटमसर बाहर के सैलानियों के लिए आनन्द लेने की जगह है। उसके पास ही नेतानार गाँव है जो भूमकाल विद्रोह के समय विप्लवी गाँव था। जिस केसकाल घाटी की सुन्दरता को देखते हुए आप लोग आए हैं ना, वहाँ से लेकर कोंडागाँव तक आदिवासियों ने मोर्चा बनाया था कि अँग्रेज बस्तर में ना घुस सकें। गुंडाधुर का नाम सुना है आप लोगों ने?'' मरकाम की आवाज़ में थोड़ी तुर्शी आ गयी थी।

मैंने कहा—''हाँ, उसके विषय में कई तरह की किंवदन्तियाँ सुनी हैं।''

''सर, अँग्रेजों की मक्कारी और उनके पिठ्ठुओं की दग़ाबाज़ी के कारण आदिवासियों को कुचल दिया गया पर वे गुंडाधुर को नहीं पकड़ सके। जों यहाँ घूमने आते हैं उन्हें हमारे इतिहास और हमारी ज़िन्दगी से कुछ लेना-देना नहीं है। बाहर से आए सैलानी तो घूमने आते हैं लेकिन हमारी सरकारें तो कोटमसर की मछलियों की तरह अन्धी हैं वर्ना आज़ादी के अड़सठ साल के बाद भी...''

मरकाम ने बात अधूरी छोड़ दी। मेरे लिए खासी लेखन सामग्री मिल रही थी। मेहता जी भौंचक्के से सुन रहे थे। डॉ. गोहिल ने मरकाम की ओर देखा। उसके चेहरे पर उत्तेजना थी। उन्होंने कहा—''तुम्हारे पास काफ़ी जानकारी है और मन में गुस्सा!''

मरकाम अचकचा गया और स्वर उतारकर बोला—''सर, मैं यहाँ का मूल निवासी हूँ। ग्रेजुएशन में मेरा विषय इतिहास था लेकिन इतिहास में हमारा गुस्सा तो क्या हमारा ज़िक्र भी बहुत चलताऊ ढंग से है। वहाँ हल्दीघाटी तो है लेकिन केशकाल घाटी और गुंडाधुर तो बस यूँ ही हैं। नाम भर के लिये।'' सड़क के किनारे एक चाय की दुकान पर गाड़ी रोकते हुए बोला—''यहाँ अच्छी चाय मिलती है। सॉरी सर, आप जैसे विद्वानों के सामने मुझे इतना नहीं बोलना चाहिए।''

तीसरे दिन का कार्यक्रम लंच के बाद शुरू हुआ क्योंकि विमर्श को बारह बजे समाप्त करके बीस किलोमीटर दूर नगरनार के आदिवासी हाट घुमाने का कार्यक्रम रखा गया था। इस अन्तिम संगोष्ठी में डॉ. गोहिल ने बस्तर की अमूल्य जड़ी-बूटियों, उनकी कालाबाज़ारी और दूरस्थ जंगली ग्रामों में आदिवासी चिकित्सकों के पारम्परिक ज्ञान के विलुप्त होने, सरकारी उपेक्षा और एन.जी.ओ. की सन्देहास्पद गतिविधियों पर अदभुत जानकारियाँ प्रस्तुत कीं। गहन अध्ययन और ज़मीनी अनुभवों से युक्त उनका

वक्तव्य सेमीनार की उपलब्धि रही। बाक़ी सब तो चूँ-चूँ का मुरब्बा था।

हाट की ओर रवाना होने के पूर्व हिदायत दी गयी कि वैसे तो सभी कुछ ठीक है लेकिन हाट में तेज़ आवाज़ में राजनैतिक क़िस्म की बातें ना करें और वहाँ बिकनेवाली सल्फी और लांदा का यदि सेवन करते हैं तो बहकने से बचें। वहाँ कौन माओवादी है और कौन सलवा जुडुमवाला है यह कहा नहीं जा सकता। यदि कहीं हल्ला-गुल्ला मचा हो तो उस स्थान पर जाने से बचें।

जब हाट के किनारे गाड़ियाँ रुकीं तो सभी की उत्सुकता चरम पर थी। दल के अधिकांश सदस्यों ने साल के वृक्षों के नीचे लगा आदिवासी बाज़ार नहीं देखा था। पुराने ग्रन्थों में पढ़े वर्णन जैसी शीतल, मन्द, सुगन्धित हवा थी। सभी के कैमरे फ़ौरन सक्रिय हो गये। मैंने मरकाम को अपने साथ ही चलने को कहा। बाज़ार में लोगों का आना शुरू ही हुआ था। दुकानें लग गयी थीं। सब्जी, भाजी, मछली, लांदा, सल्फी जैसी सामान्य चीज़ों के अलावा चूड़ी, रिबिन, कंघी, आइना की दो दुकानें थीं जिनके सामने आदिवासी औरतों की भीड़ थी। मेहता ने थोड़े निराश स्वर में कहा—''यहाँ की औरतें तो कमर के ऊपर कुछ नहीं पहनती थीं। मैंने कुछ किताबों में फोटो देखे थे पर वैसा तो कुछ नहीं है!''

मरकाम ने कुछ अजीब नज़रों से मेहता की ओर देखा। मेहता तो मगन थे। कन्धे पर टँगिया रखे, उकड़ूँ बैठकर बीड़ी पीते हुए एक आदिवासी की ओर मेहता ने कैमरा फोकस किया ही था कि उसने हथेली चेहरे के सामने करते हुए कहा—''नो...नो...दस रुपया।'' मेहता कुछ अप्रस्तुत हुए। मरकाम ने उस आदमी से हलबी भाषा में कुछ कहा लेकिन तब तक मेहता ने उसके हाथ पर दस रुपए रख दिए और फोटो ले लिया। मैंने कहा—''मेहता जी लांदा पीकर फोटाग्राफी करेंगे तो आपको आनन्द आएगा। ए चावल से बनी देशी शराब है।'' मेहता का चेहरा खिल गया। मैंने छेड़ा-''स्थानीय चिखना 'चापड़ा' भी चखिएगा?''

''ये क्या होता है?'' मेहता ने पूछा।

''पेड़ों पर जो लाल चींटे होते हैं उनसे बनाई गयी चटनी को चापड़ा कहते हैं। वेरी पापुलर एंड डेलीशस डिश।'' डॉ. गोहिल ने मज़ा लेते हुए कहा—''मेहता साहब, इसे कामशक्तिवर्धक भी माना जाता है।''

''अरे सर, माफ कीजिये। मैं कल ही अपने शब्द वापस ले चुका हूँ।''

साथ आए और भी विद्वानों ने लांदा या सल्फी ली। फोटोग्राफी सभी ने की। सभी के चेहरों पर कुछ नया पाने की खुशी झलक रही थी। बाज़ार से हमारी वापसी जल्दी हुई क्योंकि पाँच-साढ़े पाँच बजे शाम तक मेहमानों को रायपुर रवाना कर देने की योजना थी। लौटते हुए मेहता मस्त थे। हल्के नशे की प्रसन्नता चेहरे पर लिए वे कुछ और खुले मेरी तरफ़ देखकर बोले—''सोनी जी, होटल व्यवसाय से जुड़ी एक

कम्पनी के अधिकारी ने मुझसे कहा था कि बस्तर में तो पर्यटन की बड़ी सम्भावनाएँ हैं। यहाँ एक स्टारर होटल खोलने की उनकी इच्छा है।''

''आपने सुना नहीं।'' डॉ. गोहिल ने कहा—''मन्त्री जी ने क्या कहा।''

''वो तो सुना है लेकिन ये सब तो दूरगामी निवेश की बात है।'' कुछ क्षणों के बाद कुछ झिझकते हुए बोले, ''मेरे मन में एक नक़्शा-सा बन रहा है।''

''अच्छा!'' मैंने कहा, ''ज़रा सुनें।''

''मेरी कल्पना है कि किसी ऐसी जगह होटल बने जहाँ से मीलों तक जंगल से भरी घाटी दिखलाई दे, जैसा केशकाल घाटी के ऊपर जाने पर जो व्यू प्वांइट बना है। यानी कुछ इस तरह का स्पॉट हो। होटल की बाउंड्री वाल से लगे सल्फी के पेड़ हों। गेट पर पारम्परिक आदिवासी की धज में तीर-कमान धारी अँग्रेजी बोलनेवाले आदिवासी स्वागत करें। सिक्योरिटी गार्ड तो अलग से होंगे ही। कैम्पस में एक स्टेज होगा ज़हाँ आदिवासी कलाकारों के नाच-गान होंगे। बाहर से होटल घोटुल जैसा लुक देगा। भीतर होगी स्टारर होटल की सारी सुविधाएँ। कॉन्फ्रेंस हॉल, मेरिज हॉल, टॉप फ्लोर पर हनीमून सुइट। रेस्टोरेंट में आदिवासी औरतों जैसी वेशभूषा में वेट्रेस होंगी। अब टॉपलेस तो नहीं लेकिन नगरनार के बाज़ार में जिस तरह दिखी थीं वैसी ही ड्रेस में पढ़ी-लिखी आदिवासी लड़कियाँ हों। दीवारों पर बस्तर आर्ट। होटल का नाम होगा—'घोटुल इन'। सोचिए भला क्या एकसाइटमेंट होगा विदेशियों के लिये। स्थानीय लोगों को व्यवसाय मिलेगा।''

अचानक ब्रेक लगा और गाड़ी झटके से रुक गयी। ड्राइवर मरकाम ने मुड़कर कड़वे स्वर में कहा—''स्थानीय लोगों को व्यवसास नहीं बल्कि खा-पीकर अघाए लोगों को विलास के मौक़े मिलेंगे। हमारी औरतों की अधनंगी देह दिखलाकर अपना कारोबार बढ़ाना चाहते हैं सब! सर, हमारी गरीबी और अंचल की पीड़ा किसी को नहीं दिख रही है।''

हम सभी सन्न रह गये। मेहता का चेहरा तो भय से सिकुड़ गया। वे घिघियाए—''नहीं...नहीं भाई, मेरा मतलब यह नहीं है। मैं तो...

''मतलब तो यही है सर। सरकार आप लोगों की आड़ लेकर, पर्यटन के बहाने से हमारी जमींने छीननें की फ़िराक़ में हैं। बड़ी-बड़ी कम्पनियाँ गिद्धों की तरह हमारे मरने की राह देख रही हैं। माओवादी हमारे हितैषी बनकर आए और अब व्यापारियों और नेताओं से पैसा वसूली कर रहे हैं।'' मरकाम की साँस उत्तेजना में फूल रही थी। मैंने उसकी पीठ पर हाथ रखा और पानी की बोतल थमाकर कहा—''पानी लो।'' मरकाम गटागट पानी पी गया और उसने गाड़ी आगे बढ़ा दी। फिर रास्ते-भर कोई नहीं बोला। चुप्पी छाई रही।

साढ़े पाँच बजे तक सारे मेहमान वापस चले गये। मैं रुका रहा। मेरा कार्यक्रम दूसरे दिन रायपुर की ओर जाते हुए, रास्ते में पड़नेवाले परचन पाल के शिल्प ग्राम को देखकर उस पर कुछ लिखने का था। ओ.एस.डी. शर्मा ने दिलदारी दिखलाते हुए गाड़ी और ड्राइवर को मेरे लिए छोड़ दिया। साथ ही रॉयल चैलेंज व्हिस्की की हॉफ बोटल भी जिसकी मुझे सख्त ज़रूरत थी।

रात आठ बजे तक सब कुछ शान्त हो गया। मैंने ड्रिंक का पैग बनाया और लैपटॉप लेकर बैठ गया। मेरे मन में एक ज़ोरदार स्टोरी आकार ले रही थी जिसे लिखकर मुझे तहलका मचा देना था। अपने मन को मैं स्थिर कर ही रहा था कि घंटी बजी। मैंने कमरा भीतर से बन्द नहीं किया था इसलिए कहा—"कौन है? भीतर आ जाओ।"

मैं कुछ चौंका। अन्दर आनेवाला व्यक्ति मरकाम था! कुछ झिझकते हुए वह बोला-"सर, आपका दस मिनट ले सकता हूँ।"

"हाँ...हाँ आओ, क्या बात है? अरे...बैठो भी।" मेरे आग्रह करने पर वह झिझकते हुए बैठ गया। मैंने फिर कहा—"हाँ...बोलो।"

"सर, मैं सॉरी कहने आया हूँ।" कुछ रुककर बोला-"मुझे आप लोगों के सामने उस तरह तैश में नहीं आना चाहिए था।"

"कोई बात नहीं। उसे भूल जाओ।" मैंने कहा—"लेकिन तुम्हारे भीतर इतना गुस्सा...।"

मरकाम थोड़ी देर सिर झुकाए अपनी हथेलियों को देखता रहा फिर जैसे अपने को सहेजते हुए बोला-"सर, हम हर तरफ़ से निराश हो चुके लोग हैं। शायद आप समझ सकें। आदिवासी तो हर तरह से डरकर जी रहे हैं। दिन में पुलिस का भय और रात में माओवादियों का ख़ौफ़। हम तो इन दोनों के पहले ही शिकार थे फिर सरकारी मदद से जो सलवाजुडुम हुआ वह तो भीड़ की भगदड़ थी। उसने रही-सही कसर पूरी कर दी।"

मैंने कहा—"हाँ, मैंने इस बाबत अखबारों में पढ़ा है। वैसे तुम्हारा घर कहाँ है?"

मरकाम हल्के से हँसा-"अब कहीं नहीं है। पहले बीजापुर के पास हमारा गाँव था। थोड़ी खेती भी है—ये कहिए कि थी। अब हम वहाँ नहीं रह सकते। अपने घर में हम बेघर हैं। आप तो जानते ही होंगे कि पाँच सौ से ज़्यादा गाँव खाली हो गये हैं। हमारे लोग सरकारी शिविरों में रहते हैं। अब अपनी ज़मीन पर हम शरणार्थी हैं। सरकार हमारी ज़मीनें कम्पनियों को देना चाहती थी। माओवादी हमें बचाने आए लेकिन अब वे हमारे मालिक बन गये। सर, मेरे बहनोई को माओवादियों ने गाँव में दिनदहाड़े गोली मार दी। उन्हें शक था कि वो पुलिस के मुख़बिर हैं। मेरे

चाचा सलवाजुडुम की भगदड़ में मारे गये। मेरे माँ-बाप अपने अन्तिम समय में सरकारी शिविर में रहे। मैंने ड्राइवरी कर ली और अपनी बहन के साथ धमतरी में रहता हूँ।''

मरकाम ने लम्बी साँस ली। उसकी आवाज़ में हल्का कम्पन था। कुछ रुककर उसने कहा—''कभी-कभी लगता है कि हमें कोई आदमी भी समझता है या नहीं। ख़ास तौर पर पुलिस और अधिकारी! अब तो कोई भूमकाल सम्भव नहीं रह गया है। हम तो गुस्सा होने का अधिकार भी खो चुके हैं। मीडिया, एन.जी.ओ. सभी आते हैं। सब स्टोरी बनाते हैं।'' उठते हुए वह बोला-''सर, आपसे विनती है। आप जो भी लिखें उसमें ना तो इस घटना को लिखें और ना ही मेरे नाम का ज़िक्र करें वर्ना मैं हर तरफ़ से मारा जाऊँगा। मैं जीने की कोशिश में हूँ।''

मेरी ओर देखकर उसने हाथ जोड़ लिये। क्या था उसकी आँखों में? अवसाद, गुस्सा, निराशा या मेरी नीयत को समझ जाने का दुख!

मरकाम जा चुका है। मैं दो पैग पी चुका हूँ। अब तक तीन बार लिखने की कोशिश कर चुका हूँ। जो लिखना चाहता था वह दिमाग़ में गड्डमड्ड हो गया है। लैपटॉप की ओर देखते ही लगता है कि स्क्रीन पर दो आँखें उभर आयी हैं। मरकाम की पिघलती हुई-सी आँखें। कुछ भी लिख पाने के लिए मैंने अपने-आपको इतना असमर्थ पहले कभी महसूस नहीं किया।

❑❑❑